20世纪50年代初期的焦裕禄照片

1963年9月,焦裕禄和群众一起栽种泡桐后,在泡桐幼苗旁留影

焦裕禄正在栽树

1963年焦裕禄带领兰考除"三害"调查队在兰考城关县城西边勘察沙丘

绘画《焦裕禄参与治"三害"劳动》

绘画《焦裕禄冒雪访贫问苦》

焦裕禄幼年读书的学堂旧址(今淄博市博山区南崮山小学)

焦裕禄在洛阳矿山机器厂查看机器运转情况

把泪焦桐成雨

焦裕禄诗传

范美侠 著

河南大学出版社
HENAN UNIVERSITY PRESS
·郑州·

图书在版编目（CIP）数据

把泪焦桐成雨：焦裕禄诗传 / 范美侠著. -- 郑州：河南大学出版社, 2024.4
　　ISBN 978-7-5649-5876-3

Ⅰ.①把… Ⅱ.①范… Ⅲ.①诗集－中国－当代 Ⅳ.① I227

中国国家版本馆 CIP 数据核字 (2024) 第090132号

BA LEI JIAOTONG CHENG YU: JIAO YULU SHIZHUAN
把泪焦桐成雨——焦裕禄诗传

责任编辑	谌洪波　范国东
责任校对	陈　炜
封面设计	郭　灿

出版发行	河南大学出版社
	地址：郑州市郑东新区商务外环中华大厦2401号
	邮编：450046
	电话：0371-86059701（营销部）
	网址：hupress.henu.edu.cn
印　刷	河南瑞之光印刷股份有限公司
版　次	2024年5月第1版
开　本	710 mm×1000 mm　1/16
字　数	118千字
印　次	2024年5月第1次印刷
印　张	7.5
定　价	38.00元

（本书如有印装质量问题，请与河南大学出版社联系调换。）

序一

砥砺丰碑诉忠诚

季 波

今年是焦裕禄同志离去60周年,让我们走近共产党人永远的丰碑——焦裕禄,君子之行,璀璨熠熠,激人奋进。

这部气势恢宏的现代诗,慷慨激昂,荡气回肠。它深入浅出地大力弘扬焦裕禄精神的厚度和广度,歌颂焦裕禄伟大而光辉的一生,提升共产党人的精神营养,入骨透髓学习颂扬焦裕禄精神,密切党同人民的血肉联系,铸就中国式现代化征程上的精神丰碑。

作为百年学府,河南大学贯彻习近平新时代中国特色社会主义思想,始终以焦裕禄精神为引领,牢记"明德新民,止于至善"的校训,弘扬"自信、拼搏、开放、创新"的新时代河大精神,坚决摒弃惯性思维,敢想敢干敢试,着力打造公平公正、奋发向上、团结协作的"大气候",铆定"科技、教育、人才"一体发展、创新驱动、学科冲A、"双航母""双一流"事业发展,突出学以致用,将理论成果运用到河大发展振兴的工作实践中,以高质量党建引领学校高质量发展。

将焦裕禄精神落实到学校教育教学工作中,牢记高质量发展是新时代的硬道理,通过科技自立自强,构建新发展格局,贯彻新发展理念,努力实现学校高质量发展;切实夯实文化软实力这一发展根基,坚定"超越、突破、引领"的发展理念,培育独立思考、实事求是的务实文化,以及相互尊重、携手并进的鼓掌文化,"一群人干一件大事"的一流文化,凝聚奋斗合力,激发创造活力;要紧紧扭住"科技、人才、创新"这一发展的"牛鼻子",找准定位、解放思想、转变观念、打开视野,突破惯性、务实重干，做到谋一件干一件成一件，以钉钉子精神，只争朝夕、蹄疾步稳，开创百年名校振兴新局面。

诗歌具有独特的韵律和情感表达方式，以诗歌的形式弘扬焦裕禄精神，读起来琅琅上口，富有韵律感。焦裕禄赤诚的人生轨迹，历历在目，感人至深。焦裕禄同志对党忠诚干净，求真务实，担当尽责，始终把人民群众放在心上，真正做到了对历史和人民负责，具有很强的现实意义和教育意义。作品情感真挚，诗意深邃，语言从容，节奏明快，押韵疏朗，读来一气呵成，便于理解记忆。在弘扬焦裕禄光辉事迹和伟大精神的同时，也能激发人们的情感共鸣和审美情趣，提高人们的文化素养和艺术修养。

作者学习致敬焦裕禄同志光辉的一生，写下感人泣下、动人心扉的长篇叙事诗。跃动的诗行描绘出了一代楷模激情燃烧的岁月，人民公仆焦裕禄映着泡桐花向我们大步走来，培根铸魂如春风化雨，让我们思绪万千、潸然泪下。感人肺腑的长诗，激励读者在怀念中阅读成诵，影响深远。

（季波，中共河南大学党委书记。）

序二

歌唱永远的焦书记

张　弓

在习近平新时代中国特色社会主义思想指引下，从厚重历史走进辉煌现实，中华民族伟大复兴脚步铿锵，我们也体味到了中国共产党人的坚贞与伟大。

焦裕禄，作为共产党人的光辉楷模，成为矗立在中原大地上的巍巍丰碑。焦裕禄精神，是党中央批准的中国共产党人第一批精神谱系的伟大精神之一。

习近平总书记多次来兰考，强调指出：焦裕禄同志是县委书记的榜样，也是全党的榜样。无论过去、现在还是将来，都永远是亿万人民心中一座永不磨灭的丰碑，永远是鼓舞我们艰苦奋斗、执政为民的强大思想动力，永远是激励我们求真务实、开拓进取的宝贵精神财富，永远不会过时。

"百姓谁不爱好官？把泪焦桐成雨。"我的案头，一篇《人民日报》刊登的习近平总书记当年在《福州日报》发表的《念奴娇·追思焦裕禄》，句句经典，字字闪光。

焦裕禄精神是浓缩了一个伟大时代的精神的标志。我曾不止一次读过穆青那篇著名的通讯《县委书记的榜样——焦裕禄》：一个为人民鞠躬尽瘁、死而后已的光辉形象跃然眼前，焦裕禄以"亲民爱民、艰苦奋斗、科学求实、迎难而上、无私奉献"的担当和付出，带领兰考人民群众以战天斗地的精神与"三害"展开了殊死搏斗，直到生命最后一刻。读后总会荡气回肠，酣畅淋漓，潸然泪下。

"把我运回兰考，埋在沙丘上……活着我没有治好沙丘，死了也要看着你们把沙丘治好……"振聋发聩的话语依然在耳边回荡，响彻在兰考这块多情的大地上，激励引领着黄河儿女，前赴后继坚持不懈。

走进新时代，兰考发生了翻天覆地的变化，将贫困的帽子彻底甩进了滔滔黄河。2023年初春，阳光温柔地抚摸着壮伟的黄河和美丽的兰考，沿着焦裕禄的足迹，我再一次来到兰考英雄的土地上，感悟这方厚重的热土。和焦书记一直心连心的群众，虽然在时光里苍老，可记忆依然如此鲜活。

翻着厚厚的书稿，读着铿锵的诗行，我分明看到一场"斗三害"的人民战争，在焦裕禄的领导下，在古老的黄河边猎猎展开。田间小径，风沙弥漫，推着自行车的焦裕禄，正风风火火地走进一村又一寨。他的身后，无数的群众扛着铁锹，推着小车，掂着土筐……留在记忆时空里的画面，一幕幕从诗歌里向我走来。

经历了艰难困苦的焦裕禄，从旧社会阴森森的枪口下，品尝到了新中国的无限喜悦。伴随着中国人民站起来了的豪迈，来到了黄河岸边的兰考。"三座大山"都推翻了，这"三害"，还能吓倒英勇坚强的兰考人民吗？！

岁月从来不曾老去，在新时代里更加郁郁葱葱；面对黄河的波涛，面对兰考的沃野，我再也寻觅不到"三害"的踪迹。风沙消失了，盐碱匿迹了，内涝遁形了，焦书记的心愿得偿了。

一派派田园牧歌般的旖旎风光，处处欣欣向荣，欢声笑语。一代代共产党人带领群众，铆定笃干，奋勇争先，这不正是焦裕禄奋斗的理想图景吗？

这是焦裕禄树立的"四面红旗"：赵垛楼的干劲，韩村的精神，双杨树的道路，秦寨的决心。标杆和榜样的力量是无穷的，焦裕禄的决心是坚定不移的，群众的智慧是排山倒海的。一位共产党人带领人民群众创造美好生活，誓让"三害"连根拔，建设兰考变新天。

焦裕禄，甘当"人民儿子"的兰考当家人，心里装的都是兰考的群众，从来没有他自己。

焦裕禄，一位为人民舍生忘死的共产党人，他还活着，永远活在人民心中，奔走在这块他魂牵梦绕的土地上。

兰考的沙丘上，处处可以看到焦裕禄的身影，馥郁的原野，袅袅的村庄，壮阔的河岸。看着一块块肥沃的农田，闻着芬芳的泡桐花香。

挺拔的"习桐"和笔直的"焦桐"，枝枝相交通，叶叶相辉映。在焦裕禄干部学院内，习近平总书记亲手栽植的硕木，枝繁叶茂，伟岸蓬勃。紫色的花朵缀满树冠，随风欢唱，送来阵阵清香。

桐花灼灼万里路，连朝语不息。

一幅幅敢教日月换新天的雄壮画面，一个个战天斗地的豪迈时刻，一帧帧采撷历史的闪亮光辉，都凝聚在脉脉流淌的诗行上，让吟唱坚强而有力，让胸臆铿锵而直达。人民的儿子焦裕禄，让诗人发出了最动人的长吟。

作者将目光投向巍巍嵩山、滔滔黄河，以中原文化博大精深着墨，一次次踏上兰考英雄的土地，在黄河最壮美的那道弯，探访永远的楷模故事和火热生活，让精神在沃野起舞，让灵魂在天空飞翔。

作品借鉴了《木兰诗》《长恨歌》的叙事风格，从"兰考，黄河那道弯"聚焦到"把泪焦桐成雨"，用朴素的语言、精妙的韵律记录焦裕禄辉煌的42个春秋，发自肺腑，感人至深。他短暂的人生轨迹，铸就了不朽的灵魂，恰似滔滔奔腾不息的黄河波澜。

他战斗的一生光华曜曜，奉献的岁月历久弥香。壮美的诗篇如同英雄跋涉的脚步，一行行延伸，如同浪涛奔涌的大河，我听到了慷慨激昂的吟哦。一位位焦裕禄式的英雄，在人民群众的期待和思念里，迎着中国式现代化的热潮，向第二个百年奋斗目标，踔厉奋发，勇毅前行，意气风发地踏歌而来。

（张弓，民革中央常委、民革河南省委会主委，河南省粮食和物资储备局局长。）

目　录

序一　砥砺丰碑诉忠诚 / 1
序二　歌唱永远的焦书记 / 3
　1．黄河那道弯 / 001
　2．少年心事当拿云 / 004
　3．智斗日寇 / 007
　4．北崮山下 / 009
　5．共产党一来晴了天 / 011
　6．铁流滚滚 / 013
　7．捉"响马" / 015
　8．涧河奔流 / 017
　9．洛矿的春天 / 019
　10．再回尉氏 / 022
　11．咱们的焦书记 / 025
　12．风雪火车站 / 027
　13．温暖的灯盏 / 029
　14．耿耿铁精神 / 031
　15．风沙驯 / 034
　16．风雨黄河滩 / 036
　17．绿染盐碱地 / 038
　18．榜样的力量 / 041
　19．雪夜送温暖 / 043
　20．不能看"白戏" / 045

21. 自行车咏叹调 / 047

22. 藤椅的眼泪 / 050

23. 百姓谁不爱好官 / 053

24. 情依依泪蒙蒙 / 056

25. 泡桐花开 / 058

26. 生也沙丘死也沙丘 / 060

27. 另一半天空 / 063

28. 把泪焦桐成雨 / 068

附录：多媒体剧《焦裕禄》/ 071

1. 兰考　黄河那道弯 / 073

2. 刺刀下抗争 / 075

3. 战斗里成长 / 077

4. 党的召唤 / 078

5. 兰考·风雪火车站 / 080

6. "劝阻办"变脸 / 082

7. 除"三害" / 084

8. 树榜样 / 087

9. 暖暖的雪天 / 089

10. 一张戏票 / 091

11. 自行车咏叹调 / 094

12. 藤椅的眼泪 / 096

13. 情别兰考 / 098

14. 生死沙丘系 / 100

15. 把泪焦桐成雨 / 103

写在最后 / 106

1. 黄河那道弯

黄河西来决昆仑
咆哮万里触龙门
九曲黄河弯连弯
风尘仆仆来到广袤中原

黄河之水天上来
在兰考凝视眺望
形成了万里黄河最壮美的那道弯
它威武雄壮，风度翩翩
冲出峻秀雄奇的巴颜喀拉山
飘过神秘美丽的青藏高原
穿过层峦叠嶂的深山峡谷
飞过风光旖旎的内蒙古大草原
呼啸奔驰过甘宁晋陕

兰考，黄河那道弯
风沙、内涝、盐碱
年年泛滥，灾害连连
一代又一代人的血泪斑斑
焚香磕头，虔诚拜祭，祈求苍天

雨季的黄河变得桀骜不驯
集聚的力量在咆哮怒吼中一次次溢漫

泥沙堆积到五丈余高悬

黄河咆哮，肆无忌惮

冲毁坚坝，吞没了生灵万千

冲毁固堤，淹没了房屋田园

冲毁丰硕壮美，盖不住凄惨哭喊

——这灾害遍地的黄河滩

周而又始，年复一年

寒冬腊月的一九六二年

焦裕禄步履坚定地来到兰考县

党组织派你作为兰考的领路人

你说，共产党员要在困难面前逞英雄

我要亲手掂掂"三害"的分量

就是拼下半条命

也一定要改造好这危害深重的黄河滩

将兰考变成米粮仓、花果园

从此，你在黄河滩写下最壮美的诗篇

立下承诺最难的是实干

你满腿泥巴在田间调研

你深夜讨教烘托牛屋的温暖

风沙弥漫，你迎着风口踏勘

大雨倾盆，你顺着洪水探险

盐碱地上，你把肥沃的淤泥深翻

沙土窝里，你把青郁的泡桐栽满

你带着群众奋斗在除"三害"的征程

黄河滩在汗水挥洒里悄悄改变

1. 黄河那道弯

兰考，黄河那道弯

泡桐林燃烧成最亮丽的飞霞

映红了滔滔奔流的黄河波澜

你闪亮的名字印在群众心间

你倒在为人民服务的征途

人民的泪水将脚下的土地浸染

焦书记啊焦书记

你的脚步为何这样匆匆

你的意愿一定会实现

焦书记啊焦书记

一首共产党人的英雄赞歌

黄河九曲十八弯

为你挥泪拍岸，呜咽回旋

你的音容笑貌犹在

你的亲切话语依然

你逡巡着沙丘，护佑着农田

为百姓送去亲切贴心的温暖

泡桐花开，那是你绽开的笑颜

一树花香，无际无边

你不曾离去

你永远活在人民心间

2. 少年心事当拿云

云雾缭绕处走出英勇少年
焦裕禄推着蓖麻油奔忙着生活
独轮车吱吱呀呀欢唱撒欢
在泰岳以远，群峰逶迤连绵
峻奇秀美的崮山主峰耸入云天
圈出了英雄辈出、美丽富饶的博山县
祖辈在田地里忙碌着微薄的希望
小小油坊榨响日子的香甜

宁静的学堂琅琅书声回响
焦裕禄天资聪颖饱受盛赞
黑夜的油灯捧出微弱的橘色火焰
蝌蚪般的文字不断在脑海里积淀
文章锦绣天成令人不禁拍案
悠扬的二胡拉响七彩童年

乌云压城的恐惧战栗在一九三七年
平静的生活甩响鬼子的炮弹
血雨腥风肆虐，遍地硝烟弥漫
求知的学堂一如倾覆的巢穴
小小油坊再难运转
出城进城还要向鬼子鞠躬问安
小小少年常常满腔怒火冲天

刺刀下的日子举步维艰

爷爷体弱多病风烛残年

父亲纵然勤劳，也一筹莫展

挺直脊梁，艰难困苦中咬紧牙关

鬼子的"扫荡"抢走了中国人的饭碗

转眼间家贫如洗，流浪，要饭

死亡的威胁难敌罪恶的高利贷

两块"驴打滚"的大洋让父亲悬梁归天

日子轰然坍塌厄运连连

焦裕禄被鬼子抓住酷刑施遍

监牢中他顽强抗争宁折不弯

母亲卖掉田土到处求告打点

哪抵日寇骄横凶残，欲壑难填

七十多里山路绵延

母亲每日丈量着对儿子的刻骨思念

辣椒水、火油烧、老虎钳

抗争，在日寇的"矫正辅导院"

儿子每日都游离在鬼门关

折磨恫吓打不垮革命志士

焦裕禄组织难友们抱团取暖

闷罐子火车一路向北

满腹祸水钻进抚顺大山坑煤田

日寇的刺刀戳在鼻尖

狼狗凶猛虎视眈眈

蔑视着一群中国人破衣烂衫

下井挖煤，缺吃少穿，从早到晚

阎王爷随时都会和你轻轻擦肩

焦裕禄机智地谋划着如何脱险

3. 智斗日寇

汉奸的大梆头梆梆梆挥舞不休
繁忙的"轱辘马"（运煤的斗车）不停轱辘
繁重的劳动里只有咸菜窝头
学狗叫，学一声狗叫才给你一口
放肆的笑声将屈辱钉进骨头
刨煤的打镐声震荡闷涩
沉重呼吸里飞溅浓烈血腥

血泪斑斑夹杂着煤块溜走
头顶高悬挥舞的"杨大梆头"
一阵猛砸飞起一片血肉
焦裕禄施妙计勇锄敌寇
这狗杂种一放炮总躲在巷柱后头
将柱子上的楔子悄悄摘走
炮声隆隆里煤层将狗贼掩覆
焦裕禄却搭手救他一命
狗腿子也有幡然悔悟的时候
不再为鬼子卖命而掩护工友
梆头虽在从此笑意温柔

日寇的监工"大票头"歹毒猖狂
东洋刀耀武扬威着滴血的刀口
堆积的愤怒寻找着清除恶魔的理由

挥舞的铁镐猛砸着痛快淋漓的复仇
疯狂的"大票头"顷刻进了地狱门口
焦裕禄挺身承担杀贼罪责以救工友
电网、铁蒺藜、哨兵、大狼狗
戒备森严的"活地狱"如何逃走？
焦裕禄巧疏通机警地夜潜"虎口"

身穿薄衣冰天雪地里颤抖
焦裕禄饿了讨饭，渴了冰雪入口
一条火车道伸向无尽的乡愁
家在远方，家就在前头
他听到了母亲凄凉的呼唤
看到了北崮山下熟悉的村头

昔日的村庄早被悲哀笼罩
山腰里孤立着嫂子新添的坟头
我要复仇！我要复仇！
前途未卜的路途死神紧紧相守
何时能逃出鬼子黑洞洞的枪口？
出逃吧，出逃
逃出了鬼子的硝烟、汉奸的狞笑
逃不出撕心裂肺的乡愁

4. 北崮山下

一支步枪扛上肩
一个军号响震天
共产党发动穷苦人组成民兵连
焦裕禄带领民兵埋伏北崮山
国民党还乡团趾高气扬来抢粮
轰响的石雷炸破了反动派的胆
收获的歌谣在解放区里飘散

春光明媚一九四六年
焦裕禄在党旗下发出铮铮誓言
选拔为区武装部的侦察员
为着大踏步进退打运动战
主力部队奉命撤离北崮山
数倍的土顽磨刀霍霍压过来
解放区民兵力量薄弱危如累卵
仅靠敌后武工队几支枪如何周旋？
区委召开党员"诸葛会"
焦裕禄面对重兵压境定下退敌方案

在崮山根据地边缘
一场有声有色的"空城计"正在上演
村庄门楼写下"某团某连驻"
骡马车拖着伪装的山炮奔跑回旋

满天的尘土弥漫了探子的视线
青纱帐里藏奇兵,八路军攻城在近前
进攻的叫嚣声很快烟消云散

国民党杂牌部队来"围剿"
武工队活学活用"麻雀战"
地雷阵密布在围墙下、草垛边
雷声轰响炸得敌军皮开肉绽
疯狂反扑连八路的影子也不见

翻身解放的日子曙光初现
华东局抽调优秀干部随军南下
淮河大队日夜急行军到鄢陵县
大型歌剧《血泪仇》邀请焦裕禄当主演
台上歌声铿锵,台下哭声一片
在掌声欢呼和泪花飞溅里交织
焦裕禄废寝忘食,不知疲倦

5. 共产党一来晴了天

一九四八年，春寒料峭间
焦裕禄随土改工作团来到尉氏县
地主勾结土匪恶霸百般阻拦
你们穷棒子谁敢跟着焦裕禄分田
我扒他的皮，挖他的肝
焦裕禄把土改政策广泛宣传
贫雇农纷纷参加民兵队积极保田

保安队重兵压境蚕食根据地边缘
解放区一时荫翳遮蔽乌云满天
焦裕禄带着几个人、几杆枪
如何能与荷枪实弹的保安队周旋？
焦裕禄临危不惧，神机妙算
巧隐蔽，放冷枪
焦裕禄沉着冷静，善用游击战
他指挥百姓这边匍匐、那边凸然
难道广漠的麦田藏着雄兵百万？
惊疑不定的枪口晃动着麦浪无边
土八路两边迂回，难道是要围歼？
神出鬼没的冷枪让人心惊胆寒
啊，游击队善布"麻雀阵"
顽军草木皆兵中丢盔卸甲，狼狈逃窜

土匪恶霸鱼肉百姓作恶多端
穷苦人家暗无天日苦不堪言
共产党一来晴了天
焦裕禄领导贫雇农分粮、分田
扛枪自卫保家园

6. 铁流滚滚

一九四八年,一个注定不寻常的冬天
淮海战役第一枪打响在豫皖苏边
彭店区热情高涨踊跃支前
焦裕禄带领千余民兵开赴前线
独轮车吱呀作响在暗夜里穿行
满载的给养浸透着人民的期盼
提灯摇摇晃晃照亮必胜的信念

行进的道路被冰河截断
桥梁在敌机炸弹里断脊身残
浮起的冰凌在冷风里化成利剑
焦裕禄扛着粮食踉跄中驮向对岸
游走的物资,漂浮的独轮车
冷冷的冰河被远远地甩在后边

连续行军燎泡打满脚板
焦裕禄找到偏方祛除病患
炒白萝卜籽,碾碎,加白矾
千里行军,车轴吱呀磨出阵阵白烟
焦裕禄将肥皂打湿,给车轴抹满
乌云堆积出的凄雨啪嗒作响
焦裕禄用衣服、油布把粮食裹严
车轮陷入泥坑,双脚粘住泥泞

嗨哟哟，嗨哟哟，使劲推！
长长的队伍裹满泥浆奔流向前

冰雨过后雪花满天
淋湿的棉衣坚硬如铁
前方的道路被条条深沟阻挡
焦裕禄跳进沟里托举着门板
门板下的焦裕禄扛起畅通的桥梁
蜿蜒长龙穿越胜利穿越弥漫硝烟

支前队伍到达睢宁前线
将百姓的心意给子弟兵送上
行军中自带干粮吃尽，饥饿难当
谁也不舍得吃一粒满载的军粮
四十多个风雨兼程的日日夜夜
淮海战役迎来了胜利的曙光
一场伟大的战争彰显人民的伟力
全世界惊讶地看到小推车的力量

7. 捉"响马"

土匪风声鹤唳里剑拔弩张
焦裕禄调任大营区区长
"大营九岗十八洼,
洼洼地里有响马"
最大的"杆子"黄老三狂妄嚣张
霸占良田百顷让无数百姓家破人亡
二百杆枪肆无忌惮烧杀掠抢
到处炫耀:我儿子是解放军营长!

焦裕禄选定门楼任村作为土改试点
黄老三暗中指使手下强行阻挡
夜半的狂妄欺压着群众的善良
焦裕禄悄悄撒下天罗地网
秋后的蚂蚱难逃人民的铁掌
黄老三恼羞成怒要颠覆人民政权
我看焦裕禄到底能怎样俺
惹急了老子杀人一大片
鸡血酒里山吃海喝、神吹胡侃
突然间神兵天降将大小喽啰一锅端

黄老三回到老巢策划土匪哗变
要取焦裕禄人头为弟兄祭奠
挖空心思暗中跟踪打黑枪

鬼鬼祟祟暴露了喽啰眼线
黄老三被乖乖带到区政府
焦裕禄痛加斥责他的糊涂打算
枪毙黄老三的呼声义愤填膺
焦裕禄擅自做主放虎归山
干部群众咬牙切齿怨气冲天
他说：钓大鱼，还得放长线

黄老三失魂落魄却不服软
啸聚了残余喽啰妄想捣乱
焦裕禄十面埋伏一网擒完
黄老三装扮成车夫连夜逃窜
焦裕禄化装成货郎紧紧追赶
狡猾的老狐狸自以为溜之大吉
却逃不出焦裕禄的机智视线
恶贯满盈最终等来正义的审判
清脆的枪声消除了群众的提心吊胆
除霸英雄焦裕禄英名不胫而走
大营人民鞭炮齐鸣锣鼓喧天
笑声遍野迎来解放区明媚春天

8. 涧河奔流

六月流火的一九五三年
焦裕禄来到古都洛阳
成为矿山机器厂的一员
流水潺潺的涧河西岸
一座现代化的工厂即将拔地而起
建设者的热血沸腾打破宁静的荒滩

简易工棚盛不下建设者的热情
修路现场多了焦裕禄的破铺盖卷
暴雨冲毁了涧河上的浮桥
根根基建圆木一沉一浮在洪流间
湍急的河流里捞出国家财产
新生的浮桥运送物资源源不断
平坦的公路日夜兼程不断伸延

火车从牡丹之都开往北国冰城
焦裕禄作为洛矿骨干走进大学校园
哈工大的悉心哺育让他流连忘返
一个饱受屈辱的农家娃
如今却做了梦寐以求的技术员
钻研，钻研，苦钻研
科科成绩优秀，才华出众受称赞

"象牙塔"学业未成厂里计划突变

焦裕禄来到大连起重机厂金工车间

车间里忙忙碌碌秩序井然

焦裕禄却看得满头雾水、眼花缭乱

不耻下问,一切从零开端

在太阳和月亮的交织里勤奋钻研

很快成长为行家里手独当一面

欢声笑语响彻在迷人的沙滩

海滨美景风光旖旎,流连忘返

大海啊大海,你的怀抱如此温暖

我不忍这么快和你说再见

时光的脚步总是匆匆再匆匆

幸福的日子总觉如此短暂

花开花落,转眼过去两年

洛矿建设如火如荼、蓬勃发展

他惜别大海回到古都洛阳

两年时光锻造成专家骨干

他决心在洛矿大干一番

9. 洛矿的春天

涧河欢唱，荒滩上耸起了大工厂
挺起共和国最壮美的钢铁脊梁
焦裕禄来到第一金工车间
安装设备，组装着丰收的喜悦
机器运转，欢唱着幸福的心愿
车间里容不下挥汗如雨的期盼
在复杂图纸里徜徉不厌其烦
车间主任焦裕禄成为生产指挥员

一个史无前例的任务，重压在肩
建造共和国首台二点五米卷扬机
重达一百零八吨，国内首次试产
第一车间能不能完成这复杂的答卷？
焦裕禄将铺盖移到机器边，下定决心
拿下这个大设备，不能给洛矿人丢脸！
车间里热血沸腾，大伙说干就干

每道工艺流程都要精细操作
地把式的手上流淌着高端生产线
面对技术难题苏联专家屡下断言
焦裕禄集思广益，日夜攻关
罕见的技术难题被一一破解
一次突破犹如翻越一座大山

摇头、惊奇、称赞、汗颜
苏联专家的固执常常被推翻
破解的问题推出世界一流技术的制高点

一张条凳临时承载短暂的梦幻
一件破棉大衣却不能将疲惫裹完
咬一口干馍，劳累酸痛中吃出了香甜
喝一口凉水，激发起能量无边
太阳和月亮的交替里，你常常无眠
神经官能症、胃病、肝炎，汹涌袭来
苦痛折磨里，你坚定自若指挥生产
坚定自信写满你沧桑的笑脸

二点五米的卷扬机荣耀出产
茁壮的身躯包裹着沉重的内涵
挺拔的英姿跳荡着雄壮的誓言
映照着焦裕禄消瘦的脸庞、熬红的双眼
洛矿里载歌载舞，涧河水流淌潺潺
它是矿山机器制造的第一声呼唤
凝结了新中国最热切的期盼

调度科长，厂里重要岗位管理生产
焦裕禄走马上任，工作连续运转
他忠于职守，从不懈怠
更将职工的温暖挂在心间
小周是上海知青，生病无人看管
焦裕禄嘘寒问暖，帮他成长为技术骨干

9. 洛矿的春天

老刘有病难下床,怨声嗟叹
焦裕禄背他就诊,精心照料到出院
给这家送去一点心意
给那家传递几多温暖
车间里机器轰隆隆运转
轻轻听到了焦裕禄无声的心愿

洛矿九年,有无数幸福积淀
无私付出,让希望一步步实现
敬业奉献,让工厂一天天壮大
焦裕禄在洛矿里挥汗如雨
激情燃烧的岁月走过普通、平凡
拧成一股绳,咱们工人的力量足可搬山
劲往一处使,新中国的脚步勇往直前
时光流逝,留下了一串丰硕的回忆
徐俊雅自信乐观,犹如盛开的牡丹
涧河水哗哗流淌,印证着甜蜜的誓言

10. 再回尉氏

你从繁华的都市回到熟悉的乡间
从机器轰鸣的工厂回到静谧的农田
从操控机床扎身到农业战线
牡丹的香气馥郁，渐走渐远
你惜别了对涧河无限的依恋
洛矿里你已经得心应手、运筹熟练
你的话语铮铮：一切听从党的召唤
毅然决然再回梦里依稀的尉氏县

这是一片火热的土地
你闻到了沁人心脾的泥土香甜
你领着支前大军从这里出发
运送过淮海战役里呼啸的炮弹
你带领大营区贫雇农分地分粮
拉响了土地改革最动人的弦
给农民送来千百年里最热切的期盼

如今再回尉氏县，你这个县委书记
将面临困难的阶段
乡亲们缺吃少穿，度日如年
组织征求你个人去留的意见
你没有什么豪言，听从组织安排
党的需要就是我的行动指南

10. 再回尉氏

我全家立即迁到尉氏来
岂能拿个人私利给组织讲条件!

十多年的时光恍惚一瞬间
焦裕禄卷起裤腿到地头田间
他在绿油油的麦田里挥汗如雨
吃在农家,糠菜团、红薯饭
坐在农家小院才会听到群众的肺腑之言

机耕队要吃要喝群众很有意见
奔跑的拖拉机游荡着特权
传唱的顺口溜让焦裕禄汗颜
"好饭好菜,拖拉机跑得快
有烟有酒,犁得深犁得透"
焦裕禄严厉批评了机耕队
拖拉机岂能滑向堕落的深渊
焦裕禄的一番话如去疴除垢
机耕队立行立改,欢唱在广阔的田畴

贾鲁河垦殖的河滩地变成了良田
尉氏、鄢陵、扶沟三县争地权
一场村民械斗流血冲突即将上演
焦裕禄主持大义请三方代表座谈
打斗是恶魔,互谅互让是关键
垦殖良田是好事,搁好邻居同发展
死结解开,贾鲁河畔三村群众开笑颜

党的需要就是群众的期盼

群众一天不脱贫，缺吃少穿

我就不能有安心自在的清闲

奔走在乡间，你说不到地头怎知群众冷暖

遇困难走在前，你说谁让我是共产党员

11. 咱们的焦书记

沉重的思绪伴随着你坚定的信念
语重心长的话语响在耳畔
字字蘸满地委殷切的期盼
你愿不愿到灾害深重的兰考县
那里的群众到处流浪，逃荒要饭
那里的土地盐碱遍地，风沙弥漫
那里的黄河滩常常被洪水漫灌
接踵而至的困难，一如火海刀山

焦裕禄话语坚定犹如铮铮誓言
我坚决服从组织的安排、党的召唤！
革命工作不能挑肥拣瘦
勤奋的汗水会将贫穷的面貌改变
隐瞒的肝炎撕裂着身体的疼痛
激情的话语漾起了黄河波澜

一九六二年，冰冻瑟瑟
凄凉的风景从车窗外匆忙掠过
耳熟能详的兰考，一帧帧切换
寸草不生的黄沙，刺痛眼帘
内涝的洼窝里结满青色冰凌
满眼的盐碱地全是一片白花花
列车缓缓停下了脚步却不忍卒看

成群的饥民争相攀爬，逃荒要饭

哭声震动着站台，连列车也步履蹒跚

泪水瞬间弥漫了双眼

兰考啊，我灾难深重的乡亲

流浪的远方，哪里是你们的终点？

兰考的灾情让焦裕禄心底震撼

这变幻莫测的黄河滩

将兰考浸到苦水里熬煎

风沙打死二十万亩麦子

内涝淹没三十多万亩秋田

盐碱地碱死十万亩庄稼

黄河滩注定是咱老百姓的灾难

风沙，内涝，盐碱，年年作害

流浪，逃荒，要饭，年年上演

刚刚上任你就卷起裤管

来到全县灾情最严重的公社——城关

走村入户查看农家冷暖

入夜你和老饲养员促膝攀谈

牛儿咀嚼出宁静的冬夜

篝火映红了治理"三害"的心愿

明灭的铜烟袋里飘出了群众智慧

小小的笔记本记满了鲜活的意见

话语交替中爽朗的笑声回旋

一夜无眠……

12. 风雪火车站

冷风裹挟着雪花漫天挥洒
火车站台上人群熙熙攘攘
翘首以望向远方
风雪难以阻隔呼啸而来的期盼
掬一捧故乡的泥土,流浪
到火车道延伸的那一端,逃荒要饭
流浪载不动沉重的乡愁
只要心在漂泊,前方哪有终点

县委会议室正在举行欢迎会
大家对"三害"的侵蚀长吁短叹
风沙、盐碱、内涝,庄稼绝收大半
焦书记纵有三头六臂岂能改变?
焦裕禄坚定从容地放下破铺盖卷
"同志们,在车站我看到一些重要情况
建议大家跟我去现场看看。"

站台被等待逃荒的群众全部挤满
犹豫彷徨、悲愤无奈写满孤苦的脸
风搅雪花扑在身上,心头更寒
怨天怨命,怨生在黄河滩
酸泪涌流,离家的路注定坎坷艰难
谁不奢望老婆孩子热炕头的温暖

焦裕禄泪水模糊了视线

心在流血,脊背却冒冷汗

见过逃荒的凄凉,那是解放前

如今翻身做主人,岂能屈服黄河滩

多年的灾害难根除,祸害连连

我要带领群众和"三害"过过招

写下改造兰考、建设兰考的新诗篇

呼啸的火车已经走远

凄楚的乡愁如同黑夜无边

只要大家齐心协力不停干

总会等到那一天

努力和汗水最终会将宏伟蓝图实现

13. 温暖的灯盏

灾害肆虐，黄河滩里的悲剧不断上演
叫花子遍地苦熬着活命的本钱
去开封，到郑州，下西安……
兰考的灾荒年充斥着乞求的眼神
饥民四处流浪，身着褴褛的衣衫

焦裕禄建议将"劝阻办"摘牌
灾害里吃穿就是保住了革命本钱
除掉"三害"才能发展生产
常委会激烈的争吵响声震天
要时刻绷紧阶级斗争这根弦！
救济粮救济款源源不断
流浪就是存心给社会主义添乱

"劝阻办"就是一堵坚固堤坝
饿死也得弹阶级斗争这根弦
围追滚滚人流比洪水更急
堵截外出流浪比封沙更难
遍地叫花子将兰考形象踏践
谁这样抹黑社会主义，岂可手软？

焦裕禄和大家掏心窝子交流
逃荒要饭，谁想在外面遭受白眼

外出流浪，迷离的远方没有温暖
风餐露宿的日子如同摇曳的落叶
无奈的苦楚饱含着弱不禁风的辛酸
灾荒年夺走了预想的丰收
远方的收获就是期待的温暖
不如疏导让劳动力外出创收
组织集体务工也给国家减轻负担

无数双手拍案叫绝齐声称赞
春的温暖驱散了冰冷的严寒
"三害"是三座大山
压在兰考人心头噩梦不散
除"三害"才能刨开幸福的源泉
"劝阻办"让群众胆寒心更寒
我们都是人民的服务员
党和政府不能罔顾群众的期盼
"劝阻办"即刻"变脸""除三害办"
一盏灯点亮在群众心间

一拨拨壮劳力奔向创收岗位
修路，挖煤，搞建筑，垦荒田
引导生产自救全靠政府牵线
组织群众集体务工、抱团取暖
围追堵截围堵出冲天怨气
有序疏导送给群众持续不断的温暖

14. 耿耿铁精神

自行车咯咯吱吱，车轮飞转
载着焦裕禄对治理"三害"的热盼
风沙、内涝、盐碱，"三害"狰狞
在黄河滩里作威作福，持续多年
刮干了心底绝望的斑斑血泪
淹没了纷至沓来的无尽辛酸

"三害"多可怕？治理有多难？
你问计于农田耕作的地把式
你攀谈于经验丰富的老饲养员
你倾听一线基层干部的想法
你骑着自行车深入调研、实地勘探
"三害"肆虐卷起人心底的冰寒
连年的洪水泛滥人心涣散
"共产党人就要在困难面前逞英雄"
你的豪言壮语让"三害"瑟瑟抖颤
盘踞的"三害"宛如三座大山
三十六万双手的力量，聚沙成塔
三十六万人的意志，攻坚克难

七月流火的季节大地如燃
焦裕禄带百余人的勘察队誓师出发
在黄河滩里栉风沐雨、摸爬滚打

风来了，顶着漫天的黄沙
查风口、探流沙，风沙越刮越大
白帐子雨来了，淹没大片的庄稼
黄龙翻滚，看它如何归槽回家
"三害"的模样逐渐清晰
虽然它是一头巨兽，狞目獠牙
我们已经拴住了它的每一根毛发

起风了，风裹着沙砾抽打着禾苗
呜呜呜的叫嚣声刺入耳孔
弥漫了村庄，覆盖了农田
笼罩着铺天盖地的绝望、哭喊
积淀成心里的沙漠，无际无边
脚步踉跄刮不倒你的决心
迎风而走你的步履更坚
循着风沙的来路总会找到风口
截断了风口等于蒙住了风沙的眼

一百多个日日夜夜的清查摸排
所有的苦累都幻化成倚天长剑
坚定执着，你始终义无反顾
刚毅勇敢，你总是亲临一线
八十四个大小风口需要阻塞
一千六百多个沙丘起伏连绵
淤塞的河渠，阻水的沟涵
干群的智慧将"三害"仔细刻画
专家的经验将"三害"牢牢系拴

治理"三害"的征程高扬风帆
干群团结协力干
"三害"治理有何难

15. 风沙驯

飞沙翻卷如乱箭齐发

风吹来的沙刺痛悲伤的泪眼

沙丘借着狂风肆虐疯狂

苍茫的大地匍匐在沙丘里熬煎

张家岗的棉田落到李家窑

砸出了星星点点的一地心酸

沙借风势,风助沙威,泪腺吹断

嗨哟嗨哟的劳动号子随风飘起

豪情卷起赵垛楼的沙尘

漫漫黄沙覆盖了肥沃的土地

淤泥在铁锨上跳荡翻压沙粒

哦,给沙丘"贴膏药"真神奇

筑起了禾苗的温床,给风沙扎住了笆篱

沉寂的淤泥成为庄稼幸福的家

泡桐树可以给沙丘"扎针"

一棵泡桐就是一个固沙卫士

泡桐树纵横交错,宛如排兵列阵

阻住了风口,抓稳了沙尘

泡桐树在沙丘上撑开灿烂烟霞

馥郁的清香氤氲在蓝天下

给黄河滩撑起一片惬意的阴凉

15. 风沙驯

护佑着脚下郁郁葱葱的新芽

你卷起裤腿挥锨挖淤固沙
劳动号子里活跃着千军万马
疯狂的肝病一时如斧剁刀砍
你默不作声用锨把顶住疼痛
天旋地转不停地向大地传达
工地上的热情将疼痛不断碾压

翻起的淤泥覆盖了浮起的黄沙
风小了，黄沙失去了飞舞的翅膀
沙固了，田野里摇曳着欢悦的庄稼
小泡桐在日夜兼程地长大
开出了芳香馥郁的泡桐花

16. 风雨黄河滩

一九六三年初夏，狂风四起荫翳遮天
白帐子雨扯下万条线
洪水激荡覆盖了长满禾苗的农田
雨落在黄河滩化成悲伤的眼泪
流淌在焦裕禄心里化成坚定的信念
一根探路棍引领着焦裕禄查看内涝农田

张庄大队受害最深，干部长吁短叹
电闪雷鸣中泪水打湿绝望的心田
焦书记浑身湿透赶来排险
"困难再大吓不倒共产党员
大家跟我龙口夺粮，人定胜天！"
所有悲伤哀痛转化为无比震撼
雨越下越大，人越干越欢
排水渠在铁锨挥舞中不断延伸
劳累致使焦裕禄肝炎复发
疼痛如钝刀在拼命剜砍
锨把顶住肝部却挤压着镇定的脸
只有无穷无尽的风雨窥见

焦书记啊焦书记
你可以坐在办公室里指挥
何苦跌跌撞撞在风雨中挖沟打渠

16. 风雨黄河滩

暴雨里你忍着剧痛不愿休息
看着内涝的积水不断流淌
你的疼痛瞬间转化成甜蜜

小沟通大沟，大沟连河渠
除内涝的关键在畅通排水体系
兰考地形西高东低，泄洪东流
当头撞上一道长长的太行堤
堤外曹县人民安然无虞
愤怒的洪水在兰考横行冲击
洪水内外，护堤、扒堤，血流遍地

焦裕禄找来两县守堤群众
长长的河堤听到了他诚挚的话语
曹县属菏泽专署山东省华东局
兰考属开封专署河南省中南局
华东局中南局都要服从社会主义建设全局
山东省河南省都要建设多快好省
菏泽专署开封专署都要服从建设总部署
曹县兰考县都是共产党领导的兄弟县
温馨的话语解开不可逾越的死结
携手并肩共挖排水工程互惠互利

小沟连大沟，沟沟连河渠
装土的装土，抬泥的抬泥
小推车驮着土筐负重奔走
哪里有积水，哪里就是排涝工地

17. 绿染盐碱地

焦裕禄奔波在黄河那道弯
黄沙外汪着水洼里的清凌
清凌边生长着白亮亮的盐碱
种下去的希望慢慢枯萎
扼杀了青苗，扼杀了希冀的心愿
一如微霜凄凄将点滴的丰收驱散

车铃摇响在明媚的春天，一九六三年
焦裕禄拿着铁锨不停地敲打
贫瘠的大地上储存着丰富的盐碱
无边无际的白花花刺痛了他的眼
他蹲下用手抠盐碱仔细品尝
"咸的是盐，凉的是硝
又臊又辣又苦的是马尿碱"

牛皮碱、马尿碱、瓦碱、卤碱……
悄无声息蚕食二十六万亩良田
内涝是形成盐碱地的罪魁祸首
焦裕禄搜寻着灭碱的方案
熬成碱、硝可成为稳定的财源
深翻压碱、用沙压碱、冲沟淋碱
治碱的智慧在群众那里变化多端

17. 绿染盐碱地

前方突然人山人海红旗招展
韩村大队男女老少在深挖压碱
焦裕禄上前麻利地弯身抬筐
悠悠的土筐装满肥沃的心愿
劳累中气喘吁吁，汗透衣衫
照相机镜头聚焦在他的身边
焦裕禄立即打断，别总追我
你要多拍群众改天换地的瞬间

你吃着群众要来的"百家饭"
长了绿苔、发霉的杂粮馍团
"我小时候在日本刺刀下挖煤
哪能吃上这样温热可口的馍饭"
韩村人噗噗的热泪溅落入碗
旧社会县官下乡鸣锣开道
百姓跪地叩头，浑身打战
谁承想焦书记这兰考的当家人
就是咱普通老百姓的一员
看他穿衣破破烂烂补丁打满
看他吃的粗茶淡饭还交饭钱
听他说的贴心话语如此温暖
看他浑身泥巴却精神饱满……

就算二十六万亩土地布满盐碱
哪经我一锨一锨剜
剜一锨你的威力就少一厘
剜一锨你的危害就少一线

铁锨翻动、土筐装满、小车飞转
凝聚的力量坚信能让你彻底完蛋

嗨哟嗨哟的劳动号子的呐喊
震动着古老的黄河滩
引起微波涌动的黄河好奇观看
到处都是深挖压碱的工地
滩区里长出一片片肥沃的农田

18. 榜样的力量

面对"三害"肆虐的重灾县
群众年年在血泪里熬煎
焦裕禄要和老天搏一搏
斗"三害"的典型不断涌现
战胜灾害的伟力在群众之间
深入农家总能收获鲜活的经验

韩村风沙、盐碱、内涝俱全
每人分十二两高粱岂能熬过冬天?
灾年里荒草是最丰富的资源
从凛冽的冷冬穿越明媚的春天
韩村人割了二十七万斤干草顾住了吃穿
韩村的精神
诠释了"事在人为、人定胜天"

盐碱地圈牢了秦寨人的苦难
"旱了淋碱,淹了撑船,
不涝不旱,拉棍子要饭"
深翻挖碱嬗变成肥沃的农田
焦裕禄话语给秦寨人鼓起风帆
劳累虽苦胜过饥饿的熬煎
坚定的决心就是挥舞的铁锨
两个月深翻出八百亩新田

秦寨的决心
就是永不服输,"敢教日月换新天"

瓢泼暴雨犹如天河决口
赵垛楼被泡在水里汪洋一片
焦裕禄冒雨赶来紧急抢险
电闪雷鸣挡不住冲天的干劲
大雨如注浇不灭丰收的心愿
五千多亩庄稼风雨后展开笑颜
上缴八万斤余粮,涝灾后依然丰收
赵垛楼的干劲
让本该绝收的庄稼拥有了收获的饱满

双杨树的庄稼基本绝收
社员却抱团取暖抵御冬寒
鸡蛋积攒下来换取猪娃
牲口换来种子播种春天
风雨同舟共驾社会主义航船
困难会远离冬天也温暖
双杨树的道路
尝到了社会主义优越感

"榜样的力量是无穷的"
焦裕禄请来四个典型村的劳动模范
在全县除"三害"英模表彰会上登台讲演
典型就是方向,榜样就在身边
榜样的引领在全县激起波澜
营造汗水浇灌、鲜花盛开的艳阳天

19. 雪夜送温暖

朔风劲吹，大雪纷飞，地冻天寒
救济棉衣被堆积在火车站
焦裕禄的心也在冰冻里熬煎
眼前就要到年关，刻不容缓
各级党员干部立即上阵
用架子车装满群众的期盼
你是公仆，你是人民勤务员
你是百姓头顶最亮的那片天

出发，冷风凄厉，刺背割肩
大雪弥漫，吞没所有路眼
在风雪中前进
冰雪虽滑可脚下步伐弥坚
党员干部就是先锋队，
风刀雪剑，难压大家热情冲天

你带头走进抗击风雪的最前沿
风雪发出进村入户的动员令
冰天冻地就是干部工作的第一线
走村庄，入农户，进牛屋
哪里有困难，哪里就是你的战场
哪里有需要，哪里就是工作的着力点

雪夜里的孙梁庄彻夜无眠
一床棉被让蜷缩的梁老汉顷刻温暖
"你是谁啊，半夜三更怎么惦记着俺？"
焦裕禄握紧他的双手，又掏出救济款
"梁大爷，我是您的儿子
这是党和政府送来的微薄心愿。"
梁婆婆眼睛已瞎，泪水里哽咽不断
"俺摸摸……俺的好儿子
要在旧社会，俺俩的骨头早已沤烂。"

冷风依然在呼啸，大雪舞翩翩
彻夜无眠，群众穿新棉
隆冬的季节流淌着融融的暖流
装扮了一个暖暖的雪天
给庄稼盖上一层厚厚的棉被
给庄户人送去无边的温暖

20. 不能看"白戏"

急骤的锣鼓抓挠着心肝
熙熙攘攘的剧院热闹非凡
九岁的国庆在锣鼓声里踟蹰不前
多想听场戏,最爱滑稽好玩的花脸
一张戏票阻断了积存的心愿

看门人似乎动了恻隐心
关切的询问温暖了孩子的难堪
国庆委屈万分吐露实言
我爸爸是县委焦书记
可他从来不给我零用钱
求求您能不能让我进去看一看
看门人惊愕中难抑心底震撼
旧社会的县官哪个不是威风八面
没想到焦书记的儿子却破衣烂衫
你爸为俺老百姓操碎了心
你小子想看戏,岂能让他再花钱

精彩的演出让国庆流连忘返
正好让爸爸顶头撞见
焦裕禄得知实情雷霆震怒发了火
没想到小小孩子搞特权
你爸爸被组织派来当书记

我只是为人民服务的勤务员
都学焦裕禄的儿子看"白戏"
这演员的付出大伙的劳动怎体现
你马上跟我去补票
事错了要纠正,制度、纪律不能乱

票虽补了辗转思,焦裕禄心里总不安
兰考还是重灾县,百姓挣扎在贫困线
针尖大的窟窿能刮簸大的风
整治干部作风必须防微杜渐
他马上召开县委会
商讨干部如何做标杆把作风改变
大伙儿踊跃发言谈意见
党员干部"十不准"迅速行文成典范

"十不准"向丑恶风气亮剑
为干部工作生活画红线
既然你选择了从政为民这条路
就不要想着在百姓面前作威作福
骑在制度头上搞特权

焦裕禄严遵规定率先垂范
带动了广大干部和党员
带来了兰考大地清风拂面
荡漾起黄河波澜吹进群众心田

21. 自行车咏叹调

吱吱呀呀,车轮转动犹如流水潺潺
跳荡过泥泞的乡间小路
横穿过错落起伏的沙丘荒田
来到盐碱地,来到黄河滩
来到农舍里,来到牛屋边
新翻的泥土旁向老农请教丰收良策
将体贴和爱心送到贫苦人家的心坎

县委的一辆吉普车在角落里被"悠闲"
你说,隔着玻璃会和群众的距离拉远
四个轮子虽然威风气派
走马观花岂能和群众打成一片?
纵然吉普车可以风驰电掣
可我更乐意骑车面对面与农民攀谈

丁零零,你的乐曲随着清风回旋
如鸽哨响彻在黄河深处、白云之巅
飘落在村村寨寨,浸润着张张笑脸
回荡在兰考——黄河那道弯
驱走了郁积多年的苦闷懊恼
把希望的绿洲洒遍满目疮痍的家园

咯噔咯噔,你越过无数沟沟坎坎

咯噔咯噔，你跨过无数碱地盐滩
狂风挟裹着黄沙吞噬茁壮禾苗
陪伴洪水肆虐的是哭声一片
风沙裹紧了你的脚步，你的步履更坚
洪水奔流如不羁猛兽撞痛着你的心尖
你却迎风涉水，探寻治服它的薄弱点

吱吱呀呀，你每天忙碌地奔走在村落农舍
吱吱呀呀，你总是穿行于地头田间
汗水里总是一身灰土、蓬头垢面
风雨兼程你犹如来回穿梭的飞燕
送去党的好政策，带去群众新期盼
岁月磨去了你的光泽，销蚀了你的容颜
你有你的风骨，希望的田野上你不知疲倦
你为何总是在深夜也难悠闲
群众的大事小情都装在你心间

歪歪扭扭，你的脚步为何如此趔趄蹒跚
剧烈的疼痛被自行车把顶住
却顶不住痛苦在你脸上蔓延
啊，前方还有很多群众等待座谈
车轮飞转，车轮飞转
掌声响起来，迎来无数纯朴的笑脸
"焦书记，没想到你是咱老农的打扮
县太爷的威风为何一点不见！"
方才的疼痛现在换成坚定从容
"就叫我老焦，县委书记是人民公仆

21. 自行车咏叹调

我永远是老百姓里最普通的一员"
吃着糠菜窝窝头,喝着黄河水的甘甜
群情激昂中,你的疼痛递减
被干事创业的宏伟蓝图推到一边

车轮飞转,车轮飞转
你改天换地的信心越来越坚
年年的自然灾害让日子青黄不接
逃荒要饭的人群刺痛着我的双眼
怎能让旧社会的悲惨再度上演
我是从战火硝烟中走出来的共产党员
堂堂七尺男儿岂能在灾害面前低头
蔫头巴脑空生在天地之间!

车轮飞转,车轮飞转
我要看一看绿浪翻滚的泡桐圃园
在九曲黄河最亮丽的一道弯
要把黄河留给兰考的历史包袱
齐心协力甩进滚滚波涛
让丰收的硕果飘香在黄河之畔!

22. 藤椅的眼泪

看到你疲惫的身影、憔悴的容颜
我精神抖擞为你撑起休憩的空间
为何你总是来去匆匆
难得看到你有半点清闲
你的钢笔又在描描画画，
满腔热血要把兰考面貌改变
你的话语总是铿锵有声
"大干一场，拼了老命
也要把兰考的命运改变"
豪言壮语激起了黄河的波澜
可我听后为何总是肝肠寸断

我从兰考百姓手里诞生
藤条是我舒展的筋脉
蜡条是我坚实的骨干
很荣幸能帮您承载劳累的身躯
你甘心为人民鞠躬尽瘁
我也愿粉身碎骨为您敞开胸怀

很多时候，在我和办公桌之间
你悄悄地用茶缸顶在右腹边缘
疼痛不停地钻，刺骨透髓
犹如疯狂失控的电钻

22. 藤椅的眼泪

想要击溃毫不畏惧的硬汉
工作太多，在太阳与月亮的交替里
事情一件件一桩桩总也忙不完
我如何能安安稳稳地治疗住院！

焦书记啊焦书记
你虽有共产党员钢铁般的信念
可毕竟是血肉之躯
肝病袭来你岂能只忙工作视而不见
我承载着你柔弱的身躯
看着一把钝锯在你身体里狰狞不减
可群众只看到你意气风发的笑颜
所有的人被你的坚定乐观深深感染
疼痛顶着茶缸，茶缸无语
疼痛传递藤椅，藤椅不言
连办公桌也忍不住默默落泪
有多少个深夜思，有多少个夜无眠
很多时候你的脸上滚落下豆大的汗珠
你却依然思索着兰考美好的明天

疼痛不断扩散，顶着茶缸
将坚硬的藤椅顶个大窟窿眼
那是病魔的狞笑吗？将伤痛深深地饰掩
就算我伤痕累累，也愿把你的痛苦锐减
我的心在流泪，我不在乎残缺不全
我知道你是一心为民的好书记
百姓谁不爱好官？

我总是深深地遗憾
就算刺穿大洞也没有帮你把疼痛舒缓
我把深深的伤疤留在心里
你总会活在我的内心深处
难以释然

23. 百姓谁不爱好官

你匆匆赴任只带着破铺盖卷
你看到了黄河的忧伤、兰考的磨难
你辛酸的心底点燃起激情的火焰
一辆破自行车是你隐形的翅膀
飞入穷苦百姓家宛如翩翩鸿雁
你在这黄河滩里写下壮美的誓言

你为何总要亲自下乡调研
与老农拉呱就有汩汩涌流的经验
"吃别人嚼过的馍没味道"
隔着玻璃如何体验百姓冷暖
办公室里烟茶或许如意清闲
哪抵农家炕头红薯馍的香甜

你为何工作中总是冲锋在前
"干部不领，水牛掉井"
我是公仆，我是人民勤务员
风沙里我用羸弱身躯堵住风口
暴雨如注难挡我挥舞的铁锹
逃荒要饭的洪流冲击着我的心酸

你为何总是穿得这样破破烂烂
衣服、被褥上打满了补丁

刺眼的补丁遮盖了锦绣华衣的体面
摞起的补丁见证了你的清廉
你带头取消了县委的特殊待遇
你说党员干部绝不能滥用职务搞特权

你为何总爱坐在群众中间娓娓而谈
你匍匐在庄稼地里查看墒情
农家炕头回荡着你的嘘寒问暖
岁月爬满你黝黑的脸
风雨淋不湿你坚定的信念
一切为了人民、一切依靠人民
人民就是你头顶最亮的那片天

你为何总把硬物顶在腰间
肝炎的疼痛如刀削斧砍
藤椅轰然洞开犹如哭泣的泪泉
负累的茶缸也委屈地躲到一边
肝痛如黄河怒涛常被锨把顶住
疼痛却驱不走你脸上常挂的笑颜

你为何总是不愿治疗住院
洁白的病房遮不住风沙漫天
成片的内涝将肝痛瞬间驱散
白亮亮的盐碱在我眼里耀武扬威
我的耳畔回响着撕心裂肺的哭喊
"三害"肆虐，你却倔强地挺起腰杆
等到"三害"铲除、大地桐花开遍

23. 百姓谁不爱好官

我再铲除隐藏已久的罪恶肝炎

你为何谢绝女儿优越招工条件
自愿去食品厂体验劳动的辛酸
一担酱菜挑在了女儿柔弱的肩
挑出了兰考人馥郁温馨的酱香
挑出了为人民服务的坚定信念
干部子女应该到劳动第一线
到群众中汲取营养才能大树参天

为何在你心中，百姓事总是大如天
日寇的刺刀晃动着国仇家恨
你耳畔响着入党时的铮铮誓言
依靠群众、为了群众、我本群众一员
共产主义理想熠熠闪光
为人民服务永远没有终点……

百姓谁不爱好官
你把服务百姓的实践播入泥土
大地倾听到了你壮美的心愿
奋力拼搏，"春蚕到死丝方尽"
无私奉献，"蜡炬成灰泪始干"
你把光明磊落写在蓝天
你心里装的全是百姓的苦辣酸咸

24. 情依依泪蒙蒙

这是泡桐花盛开的季节
春风弥漫着忧伤，催人心肝
你猝然倒下，倒在了除"三害"前沿
疼痛波涛汹涌，你瞬间昏迷
快救救俺焦书记，救救俺焦书记
群众的呼声将你轻轻托举

如今你终于躺在了洁白病房
县医院里百姓纷至沓来，人潮拥挤
焦裕禄慢慢苏醒又牵挂着"三害"治理
组织指示立即转到开封治疗
你说，我服从组织安排
但我还想再看一眼兰考的土地

在九曲黄河那道弯里
你再次凝视兰考这片多情的土地
这里有纯朴善良的父老乡亲
无数勤劳的双手正在改天换地
漫漫黄沙上点缀着簇簇绿意
待到桐花烂漫时就有丰收的欣喜

一草一木打湿了你的双眼
多少个呕心沥血的不眠之夜

24. 情依依泪蒙蒙

孤灯烘托着你治理"三害"的思绪
几多次挑筐运土、挥汗如雨
肝炎虽痛也挡不住你脚步如飞
几回回面对电闪雷鸣、狂风暴雨
你拿锹冲进雨幕,快疏通排水渠
多少次站在呼啸凄厉的风口
你说这里很快会遍布密匝的新绿

又一个牵肠挂肚的一夜无眠
早晨你收拾破烂不堪的行李
门外站满黑压压的群众泪飞如雨
大家都来送你一程,俺们的好书记
此一去不知何时回兰考
此一去只盼你疾病早痊愈
此一去上天保佑俺们的好书记
此一去俺们不会和你说分离

送行的人流簇拥着暗藏的泪滴
长长的火车载不动俺们的悲戚

25. 泡桐花开

你凝望漫天风沙
风沙裹着疯长的野草、绝收的庄稼
沙粒落在心里拼命地叮咬
叮咬出无尽的饥饿、带血的哭泣
漫漫黄沙逃不出苍凉的思绪
一望无际的黄沙落在怅然的视线里

这时，你看到一抹惊喜的紫色烟霞
那是黄河滩区的精灵——泡桐花
在风沙里变幻多姿、婆娑飘逸
多栽泡桐树可改良土壤、挡风固沙
泡桐树撑起一方盛意的绿荫
就是护佑黄河滩的大自然精灵

焦裕禄在泡桐嫩叶婆娑里欣喜
"沙地没有林，有地不养人"
这是焦裕禄常谈的话题
县委出台了植树造林政策
"六包六定"激发群众争相栽树热情
每年每人栽下一棵树
沙丘上染出一片郁郁葱葱的绿
当泡桐花海淹没了滚滚黄沙
黄河这道弯里紫色风景多么旖旎

25. 泡桐花开

焦裕禄骑车来到胡集大队
看到沙荒地里栽树群众人声鼎沸
他挥锹栽下一棵小泡桐
在风沙里欢快地摇曳傲然屹立
发达的根系盘根错节将沙丘拴系
风来了它挺直了伟岸的身躯
绿色的底幕掬来阳光笑靥

泡桐花啊泡桐花
几多次你飘逸在焦书记的梦里
泡桐树锁住了风沙留住了新绿
遮蔽的绿荫里长满茂盛的庄稼
天边流动着变幻莫测的紫色云霞
馥郁的馨香飘散在农民的笑声里
无数憨厚的身影在桐花里徜徉
忙碌的人们在泡桐林里欢歌笑语
你把坚韧诚挚钉在兰考大地
你是万里黄河最坚强的卫士
在黄河那道弯描绘最美的传奇

26. 生也沙丘死也沙丘

谁能预料这病竟是"肝癌晚期"
医生都震惊于你钢铁般的毅力
你为何如此疼痛不早来住院
你为何将小病熬大如此大意
医生哪知俺兰考是个重灾县
我是除"三害"主帅下火线岂能轻易

谁能料到你的生命只剩二十多天
惊人的噩耗让泪水打湿俺的双眼
你的车铃又响在俺的篱笆院前
你送的棉衣被温暖着俺
你开挖的排水渠流淌着俺的心酸
你的音容笑貌浮现在俺们的脑海
你的亲切话语萦绕在俺们耳畔

回来吧,焦书记
这是兰考三十六万人民的呼唤
疼痛钻心透髓,你咬紧牙关
侵蚀着你的身躯,也割痛了俺
你瘦弱的身躯挡不住肝癌扩散
疼痛昏迷带你走进梦寐之间
你又回到了黄河那道弯

26. 生也沙丘死也沙丘

这是黄河滩里一片神奇的土地
绵延的沙丘悄悄地销声匿迹
满眼绿荫匝地桐花开遍
深翻的淤泥不见了昔日的盐碱
洪水又来，顺着沟渠滔滔涌流
泡桐树下波浪翻滚着金黄的麦田

又是一个风雨夜，雷鸣电闪
你牵挂着兰考有没有受淹
你开挖的排水渠作用非凡
昔日的涝洼现今变成丰收田
你看秦寨盐碱地上的麦穗
在淤泥的滋润下颗粒饱满

你再次从昏厥中醒来
一如激情的灯油就要熬干
你对组织提出最后的要求
把我运回兰考埋在沙丘里
我没有治好沙丘，看着你们把沙丘治好
也了却我一生中深深的遗憾

一九六四年五月十四日
焦书记永远闭上了双眼
你走了，却带不走俺们很深很长的思念
你走了，俺们不能和你说再见
你守护着黄河滩里这一方百姓
你熟悉的身影时常出现在我们身边

桐花盛开的时节，你在花丛里微笑
麦田丰收的季节，你帮我们割麦拉镰
黄河涛声是你声如洪钟的话语
你的音容笑貌在地头、在田间
在农家炕头萦绕，在村村落落回旋

你走了，俺们的心和你相依相牵
俺的泪已流干，俺的心被酸楚塞满
你为了百姓熬尽了全部心血
留给了兰考世世代代的温暖
你永远活在我们心中
你永远是咱兰考的儿子
你的魂儿永远留在这黄河滩

你走了，却永远活在人民心间

27. 另一半天空

出身于书香门第的闺秀，你端庄淑娴
就读于书声琅琅的学堂，你宁静致远
安居在中原古城尉氏县，在开封以南
抗日的炮火烧毁了醇香的书卷
静谧的校园冒起滚滚狼烟
从儿童团到共青团
你投身革命勇敢地冲锋在前
神圣的党旗听到了你嘹亮的誓言

那是谁？剿匪除霸冲在最前沿
他相貌堂堂疾恶如仇
他话语洪亮响彻耳畔
倾慕悄悄隐藏少女羞涩的脸
这是大营区区长焦裕禄
带领敌后武工队杀得敌人闻风丧胆
我看你是战斗英雄，工作模范

徐俊雅，一个多么清新温柔的名字
工作风风火火不输须眉儿男
焦裕禄看到眼里喜在心间
果然是女中豪杰，巾帼红颜
毛主席著作在共同学习中牵上红线
战斗着，忙碌着，却有着对生活共同的期盼

二胡拉响的爱情简洁而无限浪漫

腊月,寒风刺骨的一九五〇年
大营区长焦裕禄喜结连理
土改队员徐俊雅和他一生相伴
简朴的婚礼唯有大家热烈的祝福
仅绣出一只枕头,徐俊雅懊悔不已
焦裕禄打趣道:枕上两只鸳鸯
预示我们是志同道合的革命伴侣
相守到老,为革命奉献到底

从农业基础到工业战线
从古都洛阳到灾害横行的兰考县
你坚定地站在老焦身后,默默奉献
承担了全部家务,无悔无怨
忙忙碌碌,家庭成为老焦遗忘的角落
你却精心为他构筑不断奋进的加油站

家里的被褥、衣服补丁摞补丁
县委的特供棉布票送到家
老焦坚决退回并取消专供特权
委屈在孩子们心头蔓延
你说艰苦朴素是我们的传家宝
给孩子们的心灵铺上一层持久的温暖

老焦带领群众治理"三害",吃住乡间
你带着孩子们吃着窝窝头,多么香甜

27. 另一半天空

你乐意带领孩子营造温馨的港湾
看着老焦身体日渐消瘦
坚定掩饰不住你深深的伤感
老焦除"三害"的工作千头万绪
你总是竭尽全力为他撑起一片蓝天

时间呀走得多么荏苒
在兰考仅仅过了四百七十天
"三害"的根基虽壮,但外强中干
三十六万人汇聚成排山倒海的力量
"三害"也浑身战栗慢慢走远
美好的蓝图在黄河滩里就要实现
肝病的疼痛钻骨透髓,也透支着我的心酸
你倒在了除"三害"的一线
你走了,却带不走我长长的思念

茁壮的焦桐在黄河滩里洒遍新绿
一年年茁壮阻挡住了肆虐的风沙
你化身焦桐默默守望
为兰考遮出无边无际的阴凉
兰考大地上焦桐成排成行,馥郁馨香
我是姹紫的桐花,在你的枝头绽放
根根相系心连心,枝枝相交比肩长

他走了,走得这样匆忙
悲痛欲绝流干了你的眼泪
剩下的全是一个女人特有的坚强
"再困难都不要向组织伸手"

他的话萦绕在你的耳旁

铭记老焦的遗愿，你心底更加坦荡

那拴住所有过往的回忆，帧帧切换

全都是老焦那张微笑的容颜

你站在黄河边的沙丘上挥手

就看到了他推着自行车迎风奔走

你抚摸着焦桐深情凝望

就听到了挖河号子高亢

在老焦长眠的沙丘

你默默地陪伴他，让思绪飞扬

你是一簇最质朴的泡桐花

泡桐花啊，你姹紫嫣红地绽放枝头

你千娇百媚让百花含羞

你英姿飒爽向春天招手

洒一树花香，灿烂花海

甘心护佑着兰考沉甸甸的丰收

六个孩子的吃穿住用

你一个人的工资可谓捉襟见肘

日子的拮据淹没进精神的富有

孩子们都放飞的时候

你依然留在老焦身边陪伴着沙丘

你的根在这里，和他心心相通

你的魂在这里，和他缠绵依旧

27. 另一半天空

我们会紧紧牵手,生死相依
你没有离去,我更不会走
你永远活在百姓心间,微笑在我的心头
一如泡桐根连根,一如黄河水长流

28. 把泪焦桐成雨

兰考,这里是黄河最壮美的一道弯,
昔日灾害深重,如今生机盎然,
风沙一年年减少,层层染绿;
内涝一年年消退,归流河渠;
盐碱一年年消失,禾苗舒展。
黄河滚滚东流去,冲不走这个伟大的名字:
焦裕禄。
兰考人民的儿子,
杰出的共产党员,
老百姓贴心的父母官!

黄河滩上,一片片的梧桐迎风挺立,
兰考人民亲切地称它焦桐——一个特殊的名字。
焦桐,焦裕禄同志的化身,
焦桐,共产党员的精魂!
焦桐啊焦桐,
那绚烂的花朵是你圣洁的灵魂,
你是大地的赤子,根深深地扎进泥土,
血脉与母亲河融为一体。
你理想高远,把枝叶极力伸向蓝天,
蓝天紧紧地把你拥抱,
为你坚韧的意志,不屈的努力。

28. 把泪焦桐成雨

一棵焦桐，一座丰碑，
焦书记啊，你不会离去，你不会离去！

漫天的思念铺天盖地，
有多少泪花纷飞如雨。
为你坐在俺炕头温馨的话语，
为你总是满身泥巴两腿泥。
为你风雨兼程中疼痛的身躯，
为你风雪夜总把百姓们惦记。

焦书记啊焦书记，
多少次，你出现在乡亲们的梦里！
你正和我面对面促膝夜谈，
你正和我肩并肩抬筐挖泥。
你正和我手拉手抵御严寒，
你正和我在一起栉风沐雨。

把泪焦桐成雨，挥洒不息，
你永远留在我们的梦里。
焦裕禄，你谱写了一首共产党员的英雄赞歌，
你诠释了一位人民公仆的生命意义。

你的精神穿越时空历久弥新，
为实现第二个百年奋斗目标，
以中国式现代化全面推进中华民族伟大复兴。
全心全意为人民服务，鞠躬尽瘁，死而后已。
为人民的利益不懈奋斗，共产党人前赴后继。

那就是你,那就是你
我们永远的焦书记!

共产党人啊,
是一面光辉旗帜,永远飘扬,
你是一位先进楷模,感天泣地。
引领我们向"中国梦"自豪迈进,
伟大复兴的征程上闪耀着你的名字。

那黄河弯里一株株焦桐巍然屹立,
花海氤氲着馥郁的香气,沁人心脾。
殷切的话语回响天际:
"绿我涓滴,会它千顷澄碧!"

附录

多媒体剧《焦裕禄》

根据欧阳华（范美侠）长篇叙事诗《焦裕禄：把泪焦桐成雨》改编。

一、历史使命和领袖号召

（一）历史使命

焦裕禄精神是中国共产党人精神谱系第一批正式发布的伟大精神之一。焦裕禄精神是中国人民的宝贵财富，中国共产党的宝贵财富，中华民族的宝贵财富，也是世界人民的宝贵财富；焦裕禄文化是社会主义先进文化的重要组成部分，是中国五千年优秀传承，是中华民族文化的一部分，也是世界先进文化的一部分。

（二）领袖号召

1. 习近平总书记说，"焦裕禄同志的形象一直在我心中"，并强调指出，要特别学习弘扬焦裕禄同志"心中装着全体人民，唯独没有他自己"的公仆情怀，凡事探求就里的求实作风，"敢教日月换新天""革命者要在困难面前逞英雄"的奋斗精神，艰苦朴素、廉洁奉公、任何时候都不搞特殊化的道德情操。这些论述为焦裕禄精神赋予了新的时代内涵，对我们深刻理解焦裕禄精神的时代价值，对实现中华民族伟大复兴的中国梦具有重大现实意义。习近平总书记说："精神是一个民族赖以长久生存的灵魂，唯有精神上达到一定的高度，这个民族才能在历史的洪流中屹立不倒、奋勇向前。"

2.2014年3月17日,习近平总书记在焦裕禄纪念馆说:"虽然焦裕禄离开我们50年了,但焦裕禄精神是永恒的。焦裕禄精神和井冈山精神、延安精神一样,体现了共产党人精神和党的宗旨,要大力弘扬。只要我们搞中国特色社会主义,只要我们还是共产党,这种精神就要传递下去。党中央号召全党继续学习焦裕禄精神。"

二、弘扬焦裕禄主流文化的需要

2021年6月10日,楼阳生书记在兰考缅怀焦裕禄同志时说:回望百年奋斗路、启航新征程中,全省上下更要持续弘扬焦裕禄精神,凝聚奋勇争先、共谋出彩的强大正能量。弘扬焦裕禄精神,最根本的就是要对党绝对忠诚,始终牢记领导干部为政一方就要为党中央站岗放哨、守好阵地、冲锋陷阵、能打胜仗;最紧要的就是要迈好第一步、见到新气象、躬身入局、共同答题,突出目标导向、问题导向、结果导向,把蓝图一步步变成美好现实。弘扬焦裕禄精神是党的需要,弘扬英雄主义精神是国家和人民需要,是实现中国梦必需的主旋律。

三、社会价值

历史长河奔流不息,焦裕禄精神历久弥新、价值永恒。在实现中华民族伟大复兴的新征程中,学习弘扬焦裕禄精神,将激励全党干部群众进一步牢记初心使命,矢志奋斗前行,汇聚起全面建设社会主义现代化国家、实现中华民族伟大复兴中国梦的磅礴力量。焦裕禄精神永远是我们的精神食粮,学习弘扬焦裕禄精神是时代的呼唤、发展的要求、人民的期盼。该剧会激发人民歌颂焦裕禄、歌颂英雄、歌颂党和祖国的爱党爱国热潮。

1. 兰考　黄河那道弯

（船夫曲）
（黄河之水天上来，
这孕育我们民族骄傲的母亲河啊！）
九曲黄河，
冲出峻秀雄奇的巴颜喀拉山，
飘过神秘美丽的青藏高原。
穿过层峦叠嶂的深山峡谷，
飞过风光旖旎的内蒙古大草原。
经甘宁，过晋陕，
呼啸奔驰，
冲开崇山峻岭，
风尘仆仆，来到了广袤中原。
（黄河啊，
这孕育我们民族骄傲的母亲啊！）
中原黄土地，豫东黄水畔，
有一个地方叫兰考，
那是万里黄河最壮美的一道弯。

兰考，黄河最壮美的那道弯。
它的壮美，因为一个闪光的名字
——焦裕禄
一个伟大的共产党员。

兰考，黄河流淌历史苦难的那道弯，
洒满一代代人的血泪斑斑。
风沙、内涝、盐碱，
年年的灾害，年年的泛滥；
年年的祷告，年年的祈盼；
万民求苍天，苍天恨无言。

兰考，黄河最壮美的那道弯，
一个共产党员无私灵魂的熊熊燃烧，
在贫瘠的土地将金色的阳光铺满。
火染泡桐林，编织最亮丽的飞霞，
风吹麦浪滚，吹开了人们的笑脸，
映红了滔滔奔流的黄河波澜。

黄河的涛声低吟，历史的丰碑巍然矗立；
人民的心声激荡，精神的丰碑光耀永远。
穿越半个多世纪，
——焦裕禄
这个熠熠闪光的名字，
照亮了历史的天空，照亮了无数人的心灵。
焦裕禄——
我们永远的怀念……

旁白：焦裕禄精神是永恒的。焦裕禄精神和井冈山精神、延安精神一样，体现了共产党人精神和党的宗旨，要大力弘扬。只要我们搞中国特色社会主义，只要我们还是共产党，这种精神就要传递下去。党中央号召全党继续学习焦裕禄精神。

——习近平

2. 刺刀下抗争

泰岳以远，美丽博山，
耸入云天的崮山主峰下，走出英勇少年，
天资聪慧，文章锦绣，焦裕禄备受称赞。
一九三七年，
平静的生活在日寇的炮声里凋零暗淡，
乌云压城，刺刀下的日子举步维艰。
两块"驴打滚"的大洋让父亲悬梁自尽，
焦裕禄被鬼子抓进大牢，酷刑施遍。
英勇少年，不惧折磨恫吓，
少年英勇，宁折不弯。

后来，他被用闷罐子火车拉到抚顺挖煤，
日寇的刺刀和狼狗虎视眈眈。
繁重的劳动里只有咸菜窝头，
学狗叫，说一声"汪汪"才给你一口。
奴隶的生活啊，屈辱被钉进了骨头，
焦裕禄曾在危难时刻掩护复仇的工友，
电网、铁蒺藜、哨兵、大狼狗，
他机智勇敢，在鬼子戒备森严的刺刀下，
逃出了吃人的矿井口。

寒风呼啸，前途未卜，
薄衣褴褛的他一路和死神相守。

讨剩饭，吃残雪，
一条火车道连接着撕心裂肺的乡愁。
昔日的村庄早被悲哀笼罩，
山腰里孤立着嫂子新添的坟头。
我要复仇！我要复仇！
焦裕禄发出心底的怒吼。

3. 战斗里成长

共产党发动穷苦人组成民兵连,
焦裕禄党旗下铮铮誓言:
为了人类求解放,不为个人仇和冤。
他善于用兵,屡战屡胜美名传。
北崮山上"空城计"玩得敌军团团转。
一九四八年,春寒料峭间,
焦裕禄工作来到尉氏县,
搞土改,保农田,
带领民兵推起小车支援淮海大决战。
敌机轰炸桥梁断,道路条条深沟拦,
跳激流,擎门板,他一马当先跑在前。
肩膀做路基,脊背当桥面,
炮火硝烟铸就他一副钢铁肝胆!

大营区有个土匪头子黄老三,
无恶不作霸良田。
听说焦裕禄调任大营搞土改,
黄老三嚣张跋扈,口吐狂言:
我看焦裕禄到底能怎样俺,
惹急了我黄老三,老子杀人一大片!
焦裕禄十面埋伏,势如破竹,
全歼土匪,活捉企图化装外逃的黄老三。
大营人民鞭炮齐鸣锣鼓喧天,
欢声遍野托起解放区的艳阳天。

4. 党的召唤

古都洛阳,涧河西岸,
难忘的一九五三年。
六月的骄阳下,
矿山机器厂的建设进入攻坚阶段。
建设急需指挥员,
党组织把这艰巨任务放在焦裕禄的双肩。
党需要我在哪儿,我就扎根在哪儿,
共产党员,就要时刻听从党召唤!
看,安装设备,组装丰收的喜悦;
听,机器运转,欢唱幸福的心愿。
共和国首台二点五米卷扬机奇迹般诞生,
固执的苏联专家频竖拇指,交口称赞。
然而,这一切是那么来之不易,
这背后的付出是怎样的艰难。

一张窄窄的条凳,一件破棉大衣,
是他休憩的港湾。
咬一口干馍,喝一口凉水,
苦在心头,甜在心间。
洛矿九年,有多少幸福的积淀。
焦裕禄在洛矿挥汗如雨,
激情燃烧的岁月走过,普通却不平凡。

4. 党的召唤

一九六二年,经济最困难的阶段,
党组织又把目光投向焦裕禄:
你愿不愿到灾害深重的兰考县?
那里的群众到处流浪,逃荒要饭;
那里的土地盐碱遍地,风沙弥漫;
那里的黄河滩,常常被洪水漫灌。
二十万亩小麦绝收,三十万亩秋田被淹,
兰考人民正泡在苦水泪水里受熬煎。

焦裕禄话语坚定铮铮誓言:
我坚决服从组织的安排、党的召唤,
革命工作不能挑肥拣瘦,
无论有多大困难,我是一名共产党员,
定要让兰考改变面貌换新颜!

旁白:焦裕禄精神孕育形成在洛矿,弘扬光大在兰考。

——习近平

5. 兰考·风雪火车站

冷飕飕的风，飞雪打人脸，
冰凉凉的站台，被熙熙攘攘的人群挤满。

翘首望，铁轨向何处，
看远方，风雪路漫漫！
怀揣一捧故乡土，逃荒、流浪、牵儿拉女去要饭！
怨天、怨命，怨生在黄河滩？
满脸写沧桑，酸楚泪涟涟，
风卷雪花扑面来，身冷心更寒。

一根根讨荒棍像利箭刺着焦裕禄的心，
一卷卷破铺盖……如同回到解放前！
这里，哭声凄惨，襁褓里的婴儿嗷嗷待哺；
那边，叹息声声，饱经沧桑的老人步履蹒跚。
这张脸，形容枯槁，哪里还像女性的容颜？
那张脸，黯淡无光，找不到半点青年的朝气果敢！
悲愤无奈，沉默无言。
焦裕禄心在流血，泪水模糊了视线，
这一双双眼睛啊，没看天，没看地，
看的是我们——为人民服务的共产党员！

见过逃荒的凄凉，可那是解放前！
如今翻身做主人，岂能屈服黄河滩？

5. 兰考·风雪火车站

我是党派到兰考的干部,
是三十六万兰考乡亲的书记,
共产党员的责任像一座山!
一定要带领群众战"三害",
写下改造兰考、建设兰考的新诗篇!

呼啸的火车已经走远,
凄楚的乡愁如黑夜无边。
县委会议室正在举行新书记的欢迎会,
会议的主角儿却迟迟没出现。
"三害"如此猖獗,庄稼绝收大半,
焦书记纵有三头六臂怎能改变?
议论声中焦裕禄披风戴雪走进门:
同志们,火车站有一些重要情况,
我建议大家一起去看看。

6. "劝阻办"变脸

灾害肆虐，黄河滩里的悲剧不断上演，
干部们极力阻止群众出外逃荒要饭。
焦裕禄建议将"劝阻办"撤掉，
常委会激烈的争吵响声震天。
"劝阻办"就是一堵坚固堤坝，
饿死也得弹阶级斗争这根弦！
流浪就是存心给社会主义添乱。
饿死也不能在政治上把错犯！
遍地叫花子会踏践兰考形象，
对这样抹黑社会主义的人岂可手软？

焦裕禄表情凝重站起身，
语重心长的话语充满理解和温暖：
逃荒要饭，谁想在外面遭受白眼？
风餐露宿的日子如同寒风中的残叶，
无奈的苦楚饱含着孤独的辛酸！
灾荒夺走了嘴边的口粮，
远方的收获就是灾民们一点点期盼。
我们要因势利导组织外出创收，
集体务工也给国家减轻负担。
实事求是是党的基本路线，
从实际出发才能把工作做到群众的心坎。
无数双手举起赞成，

6. "劝阻办"变脸

寒冷的冬天里透露出春的温暖。

"三害"是新的三座大山，

只有除了它，才能挖开幸福的源泉。

党和政府要为民服务，

我们不能罔顾百姓的期盼。

我建议，

"劝阻办"即刻"变脸""除三害办"

在群众心间点亮一座灯盏。

7. 除"三害"

焦裕禄卷起裤管,
走村入户查看农家冷暖。
牛儿咀嚼着宁静的冬夜,
县委书记和老饲养员促膝攀谈。
篝火熊熊,治理"三害"的心愿火一般炽热,
小小笔记本记满了鲜活的意见。
明灭的烟袋锅里飘出群众的智慧,
笑声爽朗在星空里回旋。

嗨哟嗨哟,铁锨似画笔在大地上挥洒,
一锨锨新翻的淤泥,覆盖着浮动的黄沙。
给沙丘"贴膏药"的方法真奇妙,
小小泡桐在沙丘上撑起朝霞。
泡桐花儿朵朵开放,
馥郁的清香飘散在蓝天下。
黄河滩里那一片惬意的阴凉,
护佑着田地里郁郁葱葱的新芽。
风小了,黄沙失去了飞舞的翅膀,
沙固了,田野里招摇着欢悦的庄稼。

明媚的春光里自行车车轮飞转,
焦裕禄来到一块块盐碱地边。
他拿着铁锨不停地敲打,

7. 除"三害"

这可恶的魔鬼，悄无声息蚕食了二十六万亩良田。
打开智慧的宝库必须发动群众，
治碱的办法在百姓手里多端变化：
深翻压碱、用沙埋碱、冲沟淋碱……
熬成碱还能成为稳定的财源。

人喊马嘶红旗招展，
韩村大队深挖压碱热火朝天。
"我和大伙儿一起干！"
焦书记，歇歇吧！装筐抬土，你早就汗透衣衫。
"不累不累，这悠悠的土筐里装的是咱们的良田！"
焦书记，吃饭了，条件艰难，
只能让你吃韩村人的百家饭，
有的还是讨来的杂面团。
我在日本刺刀下挖煤，
哪能吃上这样温热可口的馍饭？
韩村人止不住热泪入碗，
谁承想眼前咱兰考的当家人，
和咱老百姓这样心相连！
看他穿衣补丁打满，
看他吃的粗茶淡饭还交饭钱，
看他浑身泥巴却精神饱满……
听他说话如此让人温暖：
就算三十六万亩土地布满盐碱，
哪经得起咱一锨一锨剡！
铁锨翻动、土筐装满、小车飞转，
团结就是力量，定能让盐碱地彻底完蛋！

狂风四起乌云遮天，
白帐子雨扯下万条线，
张庄大队受害最深，
泪水打湿干部群众绝望的心田。
电闪雷鸣中焦书记赶来指挥排险：
困难再大，吓不倒共产党员，
大家跟我龙口夺粮，人定胜天！
雨越下越大，人越干越欢，
排水渠在铁锨挥舞中不断伸展。
可是人们哪里知道，
劳累引起焦裕禄肝病复发，
疼痛如钝刀在拼命剡砍。
锨把顶住肝部，剧痛下有一张坚毅的脸，
只有无穷无尽的风雨窥见⋯⋯

8. 树榜样

要问焦裕禄的心里什么最重要？群众！
干群关系如鱼水，没有水，
再有能耐，鱼儿也不能保全。
相信群众的智慧，依靠群众的力量，
深入群众才能收获鲜活的经验。
战胜灾害的伟力就在群众之间，
就看干部怎么把群众的热情点燃。
榜样的力量无穷，斗"三害"需要典型示范，
一个模范带动公社，十个榜样带动全县。

韩村风沙、盐碱、内涝俱全，
每人十二两高粱怎能熬过冬天？
韩村人不等不靠，积极生产自救，
穿寒冬，迎春天，
硬是用二十七万斤干草顾住了吃穿。
韩村的精神，就叫人定胜天。

秦寨的盐碱地拴牢了苦难，
"旱了淋碱，淹了撑船，
不涝不旱，拉棍子要饭"
咱秦寨人不能就这么活？
大家拧成一股绳，深翻挖碱造良田。
再累再苦总胜过饥饿的熬煎！

焦书记的话给秦寨人鼓足了勇气,
两个月深翻出八百亩新田。
秦寨人决心"敢教日月换新天"。

暴雨滂沱犹如天河决口,
赵垛楼公社汪洋一片。
焦裕禄冒雨紧急指挥。
电闪雷鸣,挡不住干劲冲天,
大雨如注,浇不灭丰收的渴盼。
五千多亩庄稼,风雨后展开笑颜,
上缴八万斤余粮,涝灾后收获幸福甘甜。

双杨树的庄稼基本绝收,
社员们充饥无粮,破衣难御寒。
但他们鸡蛋攒下来换猪娃,
牲口换种子播种春天。
同甘共苦,风雨同舟,
共驾社会主义集体的大航船。
众志成城,战胜困难,
双杨树的道路,
是集体主义精神的光辉体现!

焦裕禄召开除"三害"英模表彰会,
四个典型村的劳模登台讲演。
典型就是方向,楷模就在身边,
榜样的力量激起热血沸腾。
斗"三害"的战斗中你追我赶,
汗水浇灌、鲜花盛开的艳阳天。

9. 暖暖的雪天

冷风凄厉，地冻天寒，
茫茫雪域，吞没所有的路眼。
不能让一个乡亲冻死！
当群众最困难的时候，
共产党员就要出现在群众面前。

旁白：这大雪封门里，群众住得咋样？牲口咋样？

风雪夜，焦裕禄发出干部进村入户的动员令，
带头走进抗击大雪的最前沿。
数九寒天北风正紧，
焦裕禄冒雪出了门，
挨家挨户探望困难乡亲。
孙梁庄的梁老汉哆嗦着蜷缩在床头，
一套棉被送来了融融温暖。
"你是谁啊，半夜三更怎么惦记着俺？"
焦裕禄握紧老汉的双手，从兜里掏出救济款。
"梁大爷，我是您的儿子，
这是党和政府送来的温暖。"

寒风依然呼啸，大雪依然漫天，
干部们彻夜无眠，换来困难户五保户穿上新棉。
这是数九寒天，
留在庄户人心里的暖暖雪天。

旁白：焦裕禄同志以自己的实际行动塑造了一个优秀共产党员和优秀县委书记的光辉形象。做县委书记就要做焦裕禄式的县委书记，始终做到心中有党、心中有民、心中有责、心中有戒。

——习近平

10. 一张戏票

好戏开演，热闹非凡，
九岁的焦国庆在戏院门前踟蹰不前。
"孩子，你想看戏快买票，
精彩的大戏这就演。"
"大伯，我真的想看戏
求你能不能让我进去看一看？"
"想要看戏也不难，
让你爸给你买票钱。"
国庆委屈开腔道：
"我爸爸？他天天教育我们艰苦奋斗，
越是干部就越要走在先，
哪里肯给戏票钱？"
看门人惊愕睁大眼：
"哦？没想到你爸还是个大干部，
没想到干部的孩子也穿破衣烂衫！
孩子，就冲你爸爸这样的好干部，
今天这场人欢马叫的大戏，
老伯让你尽情地看！"

国庆过了戏瘾正高兴，
一辆自行车迎头停在他面前。
焦裕禄骑车下乡刚回来，父子正好脸碰脸。
看到父亲皱紧的眉，国庆害怕得锁起了肩。

"国庆，你怎么看的这场戏，
从哪里来的买票钱？"
孩子嗫嗫嚅嚅将看戏的实情说一遍，
焦裕禄一听雷霆怒：
爸爸这县委书记是人民给，
任何时候不能特殊，
我也只是为人民服务的勤务员！
你小小年纪竟然搞特权！
焦裕禄的儿子看"白戏"，
你让老百姓对爸爸怎么看？
你马上跟我去补票
有错纠正，制度、纪律不能乱。

一张戏票让焦裕禄反侧辗转，思绪万千。
凝聚力量，战胜"三害"，干部是群众的标杆，
兰考人民还挣扎在贫困线，
搞特权只能让人心离散。
他马上召开县委会，
商讨干部如何把作风改变
大伙儿踊跃发言谈意见，
党员干部"十不准"迅速行文成典范。

"十不准"体现了党的根本宗旨，
永远和人民的利益一致才能长治久安。
焦裕禄严遵规定率先垂范，
带动了广大干部和党员，
带来了兰考大地清风拂面。

10. 一张戏票

背景闪回：干部十不准

（一）不准用国家或集体的粮食大吃大喝，请客送礼。

（二）不准参加封建迷信活动。

（三）不准赌博。

（四）不准挥霍浪费粮食，用粮食做酒做糖。

（五）不准用集体粮款或向社员摊派粮款演戏、演电影。谁看戏谁拿钱，谁吃饭谁拿钱。

（六）业余剧团只能在本乡、本队演出，不准借春节演出为名，大买服装、道具、铺张浪费。

（七）各机关、学校、企业单位的党员干部都要以身作则，勤俭过年，一律不准请客送礼，不准拿国家物资到生产队换取农、副产品，不准用公款组织晚会，不准送戏票。礼堂10排以前的戏票不能光卖给机关干部，要按先后顺序卖票，一律不准到商业部门要特殊照顾。

（八）不准利用职权到生产队或其他部门索取物资。

（九）积极搞好集体的副业生产，增加收入，改善生活，不准弃农经商，不准投机倒把。

（十）不准借春节之机大办喜事，祝寿吃喜，大放鞭炮，挥霍浪费。

11. 自行车咏叹调

吱呀吱呀，车轮飞转，
跳荡在泥泞的乡间小路，
横穿错落起伏的沙丘荒田、
盐碱地，黄河滩；
农舍里，牛屋边。
我是县委焦书记的坐骑呀，
破破旧旧，阅历实在不凡。
新翻的泥土旁，陪他向老农请教丰收良策，
低矮的屋檐下，伴他将党的关怀送到困难户的心坎。

县委的一辆吉普车卧在角落里享清闲，
你说，隔着玻璃会和群众的距离拉远，
四个轮子虽然威风气派，
走马观花岂能和群众打成一片？

吱呀吱呀，车轮飞转，
我载着你，跨过无数沟沟坎坎，
跨过无数碱地盐滩。
狂风挟裹着黄沙缠紧了你的脚步，
可一想到被吞噬的禾苗，你的步履更坚。
洪水奔流如不羁猛兽，
你将我扛起，迎风涉水，探寻治服水患的难关。

吱呀吱呀，车轮为何歪歪扭扭？

11. 自行车咏叹调

为何熟悉的声音突然中断？
你的脚步为何如此趔趄蹒跚？
剧烈的疼痛让你无法前进，
你用车把顶住肝，
车把岂是止痛的妙药灵丹！
痛苦使你难以迈步，
可是，前方还有那么多群众的热切期盼。

吱呀吱呀，车轮又开始转动，
掌声响起来，迎来无数纯朴的笑脸。
"焦书记，没想到你和老农一样打扮，
县太爷的威风为何一点不见！"
你把痛苦藏起，换成笑容满面：
"就叫我老焦，县委书记是人民公仆，
我永远是咱老百姓里最普通的一员。"

吱呀吱呀，车轮飞转，
你改变兰考贫困面貌的信心越来越坚。
看，泡桐林带迎风立；
看，块块农田绿浪翻。
这是九曲黄河最亮丽的一道弯。
不是自然的造化孕育，
是兰考人民凝聚的血汗！

旁白：要把一切工作的出发点落脚点放在为群众谋福祉上，始终与群众想在一起、站在一起、干在一起，用实际行动回答好为了谁、依靠谁、我是谁这个根本问题。

——楼阳生

12. 藤椅的眼泪

在焦书记办公室里，
有一把破旧的藤椅，
右侧扶手下一个大洞特别扎眼，
对于焦书记，他最有发言权。

我从兰考百姓手里诞生，
藤条是我舒展的筋脉，
蜡杆是我坚实的骨干。
能让焦书记劳累的身躯得到休息，我幸福无限，
你甘心为人民鞠躬尽瘁，
为了焦书记，粉身碎骨我也心甘情愿！

看到你疲惫的身影、憔悴的容颜，
我精神抖擞为你撑起休憩的空间。
为何你总是来去匆匆，
为何你没有半日清闲？
你的话语总是铿锵有声：
"共产党人要在困难面前逞英雄！"
可这豪言壮语，
为何听得我肝肠寸断？

多少次，在我和办公桌之间，
你悄悄地用茶缸顶在右腹边缘。

12. 藤椅的眼泪

肝脏的疼痛如刀削斧砍，
我轰然洞开犹如哭泣的泪泉。
多少次，剧痛让你浑身颤抖，
在别人面前，你仍是那张寻常的笑颜。
工作那么繁重，在太阳与月亮的交替里，
一件件，一桩桩，总也忙不完，
我这把破藤椅看在眼里，疼在心间。

焦书记啊焦书记，
你虽有共产党员钢铁般的信念，
可你毕竟是血肉之躯，
这么严重的肝病，你怎能视而不见？
你该去治疗，赶快去住院！

13. 情别兰考

这是泡桐花盛开的季节,
春风却弥漫着忧伤,催人心肝。
疼痛波涛汹涌,你瞬间昏迷。
你猝然倒下,倒在了除"三害"最前线。
快救救俺焦书记!救救俺焦书记!
赶快送他去医院!
群众脸上布满阴云,焦虑不安……

焦裕禄终于躺在了县医院,
医院门口越来越多的百姓来探望,
病房里人潮拥挤,医生劝阻:
我们知道大家的心意,
可这样会打扰焦书记休息!
组织指示让焦裕禄立即转到开封治疗,
而他却仍牵挂着"三害"治理。
我服从组织安排,
但我还想再看一眼兰考的土地!

在九曲黄河那道弯里,
你再次凝视兰考这片多情的大地,
漫漫黄沙上,点缀着片片绿意,
桐花烂漫,正透露出丰收的消息。

13. 情别兰考

这一草一木都打动你的心弦,
泪水润湿你的面颊,一滴一滴。
多少个呕心沥血的不眠之夜,
昏暗的灯影里弥漫着你治理"三害"的思绪。
多少次你挑筐运土,挥汗如雨;
多少次电闪雷鸣、狂风暴雨,
你拿锨冲进雨幕,带领大伙疏通排水渠!
多少次你站在呼啸凄厉的风口,
你说这里很快会遍布密匝的新绿。

明天就要离开兰考,
这牵肠挂肚的地方,是暂别还是永离!
一夜无眠,
早晨你收拾破烂不堪的行李,
门外站满黑压压的群众默默无语。
焦书记,大家都来送你一程,
这一去不知何时回兰考,
这一去只盼你的疾病早痊愈!
这一去上天保佑俺们的好书记,
这一去俺们不会和你说分离!

14. 生死沙丘系

谁能想到竟然是"肝癌晚期"!
医生都震惊你钢铁般的毅力。
如此疼痛你为何不早来住院?
你为何将小病拖成顽疾?
医生,您哪知道,俺兰考是个重灾地,
我是除"三害"主帅,怎能轻易下火线!

惊人的噩耗让泪水打湿了眼,
你的车铃还响在俺的篱笆院前。
你送的棉衣被还温暖着俺的心,
你挖的排水渠流淌着清泉。
你的音容笑貌还在俺的脑海,
你的亲切话语还在俺的耳畔。
你快点好吧,焦书记,
这是兰考三十六万人民的祈盼!

疼痛钻心透髓,焦书记咬紧牙关。
昏厥醒来第一句话就是:
拿一把秦寨盐碱地上的麦穗……让我看看,
在淤泥的滋润下是否颗粒饱满。
又一个风雨夜,雷鸣电闪,
焦裕禄还在牵挂兰考是否受淹。

14. 生死沙丘系

焦书记，你指挥开挖的排水渠作用非凡，
昔日的涝洼现今变成丰收田！
焦裕禄欣慰地点了点头，慢慢合上了双眼，
一丝微笑留在唇边。

一九六四年五月十四号这一天，
你再次从昏厥中醒来，
一如激情的灯油就要熬干。
你对组织提出最后的要求：
我……没有……完成……党交给我的……任务……心里感到很难过……我死了不要多花钱……省下来钱支援灾区建设……我只有一个要求……请组织上把我运回兰考……埋在沙丘上……活着我没有治好沙丘……死了也要看着兰考人民把沙丘治好。

（焦书记，裕禄同志，老焦，焦——书——记——）
焦书记，我们的好书记，
你为百姓熬尽了最后一滴血，
你为兰考流完了最后一滴汗。
你永远是人民的好儿子，
你的灵魂永驻这黄河滩。
为百姓你守护着这一方土地，
留给兰考人民享用不尽的温暖。
焦书记，你不要走，
你没有走，你永远活在我们的心间！

旁白：他（焦裕禄）的崇高精神却跨越时空、历久弥新，无论过去、现在还是将来，都永远是亿万人民心中一座永不磨灭的丰碑，永远是鼓舞我们艰苦奋斗、执政为民的强大思想动力,永远是激励我们求真务实、开拓进取的宝贵精神财富,永远不会过时。

——习近平

15. 把泪焦桐成雨

兰考,这里是黄河最壮美的一道弯,
昔日的灾害深重,如今的生机盎然。
风沙一年年减少,层层染绿;
内涝一年年消退,归流河渠;
盐碱一年年消失,禾苗舒展。
黄河滚滚东流去,冲不走这个伟大的名字:
焦裕禄,兰考人民的儿子,
杰出的共产党员,
老百姓贴心的父母官!

黄河滩上,一片片的梧桐迎风挺立,
兰考人民亲切地称它焦桐——一个特殊的名字。
焦桐,焦裕禄同志的化身!
焦桐,共产党员的精魂!
焦桐啊焦桐,
那绚烂的花朵是你圣洁的灵魂,
你是大地的赤子,根深深地扎进泥土,
血脉与母亲河融为一体。
你理想高远,把枝叶极力伸向蓝天,
蓝天紧紧地把你拥抱,
为你坚韧的意志,不屈的努力。
一棵焦桐,一座丰碑,
焦书记啊,你不会离去,你不会离去!

漫天的思念铺天盖地,
有多少泪花纷飞如雨。
为你坐在俺炕头温馨的话语,
为你总是满身泥巴两腿泥。
为你风雨兼程中疼痛的身躯,
为你风雪夜总把百姓们惦记。

焦书记啊焦书记,
多少次,你出现在乡亲们的梦里!
你正和我面对面促膝夜谈,
你正和我肩并肩抬筐挖泥。
你正和我手拉手抵御严寒,
你正和我在一起栉风沐雨。

把泪焦桐成雨,挥洒不息,
你永远留在我们的梦里。
焦裕禄,你谱写了一首共产党员的英雄赞歌,
你诠释了一位人民公仆的生命意义。

你的精神穿越时空历久弥新,
为实现第二个百年奋斗目标,
以中国式现代化全面推进中华民族伟大复兴。
全心全意为人民服务,鞠躬尽瘁,死而后已。
为人民的利益不懈奋斗,共产党人前赴后继。
那就是你,那就是你
我们永远的焦书记!

共产党人啊,
是一面光辉旗帜,永远飘扬,
你是一位先进楷模,感天泣地。
引领我们向"中国梦"自豪迈进,
伟大复兴的征程上闪耀着你的名字。

那黄河弯里一株株焦桐巍然屹立,
花海氤氲着馥郁的香气,沁人心脾。
殷切的话语回响天际:
"绿我涓滴,会它千顷澄碧。"(重复三遍)

豫剧:

"红日照天下,涌现振奇人。尽管病魔缠绕,奋起棒千钧。甘愿粉身碎骨,敢下五洋捉鳖,倒海索奇珍。兰考焦裕禄,耿耿铁精神。　盐碱净,内涝治,风沙驯。弦歌声起,杨柳东风万户春。借问津梁何处?万事认真实践,全意为人民。群众中来去,天地共翻身。"

——郭沫若《水调歌头·赞焦裕禄》

写在最后

"生也沙丘，死也沙丘，父老生死系。"焦裕禄同志在兰考奋斗的日日夜夜里，以"敢教日月换新天"的气概，坚守"心中装着全体人民，唯独没有他自己"的公仆情怀，治理"三害"，改变兰考面貌。焦裕禄，一位鞠躬尽瘁死而后已的共产党员，一位伟大而普通的共产党员，在黄河边写下铮铮誓言，全心全意为人民服务！

在习近平新时代中国特色社会主义思想指引下，我们意气风发，奋力谱写全面建设社会主义现代化国家的新篇章。有千千万万个新时代焦裕禄在中华民族伟大复兴之路上勇毅前行；国家在国际舞台上的作用和影响力持续增大；中国以大国风范走近世界舞台中央，一条中国式现代化奋进路正在腾飞。

焦裕禄精神，从泡桐花丛里树立起巍巍丰碑，鼓舞着、激励着每一个赤子。我们要始终听党话，感党恩，跟党走，坚决拥护"两个确立"，始终做到"两个维护"，坚定"四个自信"，牢固树立"四个意识"，与党和国家、与民族和人民同呼吸、共命运，不忘初心、牢记使命，自信自强、踔厉奋发，共同点亮新时代奋斗征程里最美丽璀璨的星空。

2023 年 7 月于龙子湖畔